Gaea

Gaea

特殊傳說 II
恆遠之晝篇 03
護玄—著

特殊傳說 II
恆遠之書篇 03

目錄

特殊傳說 II

THE UNIQUE LEGEND

恆遠之書篇

登場人物介紹

Atlantis 學院

姓名：褚冥漾（漾漾）
年級/班別：高中二年級/C部
性別：男
袍級/種族：無/人類（妖師）
個性：非常普通的男高中生，個性有點怯懦，不太敢與人互動。

姓名：冰炎（學長）
性別：男
袍級/種族：黑袍/燄之谷與冰牙族後裔
個性：脾氣暴躁、眼神銳利。不過是標準刀子口豆腐心的好人～
目前狀況：沉睡中

姓名：米可蕥（喵喵）
年級/班別：高中二年級/C部
性別：女
袍級/種族：藍袍/鳳凰族
個性：個性爽朗、不拘小節，喜歡熱鬧。非常喜歡冰炎學長！

姓名：雪野千冬歲
年級/班別：高中二年級/C部
性別：男
袍級/種族：紅袍/？
個性：有點自傲，知識豐富像座小型圖書館；討厭流氓！兄控!?

登場人物介紹

Atlantis 學院

姓名：西瑞・羅耶伊亞（五色雞頭）
年級/班別：高中二年級/C部
性別：男
袍級/種族：無/獸王族
個性：個性爽朗、自我中心。出身於暗殺家族，打扮像台客。

姓名：萊恩・史凱爾
年級/班別：高中二年級/C部
性別：男
袍級/種族：白袍/人類
個性：個性隨意，存在感低、經常超自然消失在人前，執著於飯糰！

姓名：藥師寺夏碎
性別：男
袍級/種族：紫袍/人類
個性：個性淡泊，不喜過多交談，是個溫柔的好哥哥。
目前狀況：從醫療班逃跑中

姓名：席雷・阿斯利安（阿利）
年級：大學一年級
性別：男
袍級/種族：紫袍/狩人
個性：友善隨和，善於引領他人。

姓名：靈芝草（好補學弟）
年級/班別：高中一年級/C部
性別：男
種族：人參
個性：初入世界，所以很容易受到驚嚇，但是在奇怪的地方也有小聰明。

姓名：哈維恩
年級/班別：聯研部　第二年
種族：夜妖精
個性：種族自帶暗黑的陰險反骨天性，但對於認定的事物相當忠誠、負責。平日也很認真在學習上。

登場人物介紹

其他

姓名：式青（色馬）
性別：男
種族：傳說中的幻獸．獨角獸
特色：能化為獸形或是人形
個性：只要美人希望我怎樣我就怎樣～

姓名：休狄．辛德森（摔倒王子）
種族身分：奇歐妖精族的王子
性別：男
袍級：黑袍
個性：看重血脈、家族、榮譽，厭惡隨便打交道。

姓名：九瀾．羅耶伊亞（黑色仙人掌）
身分：醫療班，鳳凰族首領左右手
性別：男
袍級：黑袍、藍袍（雙袍級）
個性：科科科科科……

姓名：黑山君
身分：時間之流與冥府交際處的主人
種族：不明
個性：不太有情緒起伏，性格相當謹慎細膩，偶爾會很正經地捉弄訪客。
特別說明：喜歡好吃的東西。

姓名：白川主
身分：時間之流與冥府交際處的主人
種族：不明
個性：看似大而化之、易相處，但心中自有衡量，很多事情都看在心中。
特別說明：喜歡會飛的東西，例如白蟻（？）

姓名：褚冥玥
身分：大二生，漾漾的姊姊
性別：女
袍級/種族：紫袍/人類（妖師）
個性：直率強硬，很有個性的冷冽美女。異性緣爆好！

登場人物介紹

其他

姓名：重柳族
身分：？
種族：時族
個性：非常正經認真、死守種族任務，
　　　但思考並不僵化、能溝通。

姓名：安地爾
身分：耶呂鬼王高手
種族：似乎是鬼族（？）
個性：四分的無聊、四分的純粹惡意、一分的塵封友情、零點五的善意、零點三的不明狀態、零點一的退休狀態、零點一的觀光。
特別說明：最近都在泡咖啡。

第一話　海妖之歌

「住手！」

眼看第二波箭要被射出，我也不知道哪來的下意識反應，擋住學弟突然喊出聲；包圍我們且已搭上箭的衛兵停下動作，整齊一致地唰唰看過來。我吸了口氣，開口：「我們不是海盜或流寇，你們搞錯人了。」解釋的同時，將放在包裡的那顆霹靂彈拿出來，「這是我們商隊的通行證明。」

綠海灣的衛兵們就這樣維持著姿勢不動，過了大約幾秒，才有一名打扮看起來很普通的衛兵走出來，拿下頭盔，露出裡面的面孔，看起來與摔倒王子的種族型態有點像，很顯然是名奇歐妖精。

「你們不是海盜為什麼要抵抗？」衛兵很自動地使用我所用的語言，這點莫名貼心。「抵抗的通常不是什麼好東西。」

「你們突然就打過來！正常都會抵抗好嗎！」雖然我很擔心好補學弟，不過眼下還是讓大家停戰比較重要，不然照他們這樣卯起來大屠殺，等到我回學院，肯定已經不是被燒魔女可以解決！

衛兵想了想，開口：「好吧，就算誤會了你們是海盜，但如果你們不抵抗，我們打到一半就會發現不對而停手，這樣就不會造成更多誤會。」

我靠！還要給你們打一半才不會有誤會嗎！摔倒王子你們種族是怎麼回事，和燄之谷有血緣關係是吧！

「漾～別跟他浪費口水，大爺──」

「我們確實是商隊，因爲兩方都有誤會在先，所以我們也不追究我們這邊的人被射傷。」我直截了當地打斷五色雞頭的話，瞥見哈維恩手還按著武器，大有馬上衝出去把敵人都宰光的氣勢。

總覺得隊伍裡面剩我一個會正常思考好累。

但我現在想要快點離開這個地方，盡快檢查好補學弟的狀況，還有擺脫這些衛兵，以免他們引來公會的人。

衛兵瞇起眼睛，然後抬起手，讓包圍的衛兵隊伍放下武器，他用一種怪怪的表情看我，「你也眞有膽量，看看你身邊的同伴都已經發現不對勁了。」

我轉頭看向哈維恩，求解。

「他正在對我們放奇歐妖精特有的威脅。」哈維恩如是說，順便解釋他和五色雞頭剛才還在戒備的原因。

……等等，沒有感覺到是我的問題還是他的問題？

還是長久浸泡在摔倒王子日夜想砍掉我的環境中，讓我已經升級到對普通的奇歐妖精挑釁沒感覺了呢！

好，等之後遇到摔倒王子再問他。

……我的人生好像都在不知不覺中升級，這樣到底是好還是壞？

衛兵走過來，仔細檢查我手上的通行證明，接著朝後方一揮手，「是眞的，另外附加了紫袍的保證。」

紫袍？

天華樹什麼時候在上面掛保證了？

我有點狐疑地看著霹靂彈，有點害怕被這些袍級保證過的東西。不是說不好，但是他們常常會附掛某種讓人驚恐的功能，還不告訴持有者。

「如果你們是正常商隊，爲什麼會和海盜在一起？」確認過證明眞僞後，衛兵再次詢問。

「我們收到的舉報是你們這行人鬼鬼祟祟地在街道中亂竄，還找上了海盜，讓人覺得你們正在計畫不好的事。」

「我們想打聽一些消息，在街道上隨意挑一名情報販賣者，而且那位並非海盜。」哈維恩跳下駱駝，走到我和衛兵之間，開始發揮他原本的功用，「那是一位冒險團團長，你們的舉報出了問題，以規正與執法聞名的奇歐妖精竟然會無法分辨舉報的眞假，眞是令人吃驚。讓人感到綠海灣似乎也不是那麼嚴謹，這一點我們將列入我們商隊中評估，如果未來綠海灣都是這麼不明道理，恐怕得好好考慮在這裡行商的事情了。」

「唔……」衛兵稍微思考了下，大概是覺得名聲受損不太好，便退讓了，「關於身分問題，我們會持續追查，驚擾幾位算是我們的誤失，這點由我代表在這裡向各位致歉，如果幾位須要我們登門賠罪，我也會按照你們的要求準備。但因爲你們仍有和流寇合作的嫌疑，在綠海灣的這段期間，如果有任何狀況，也請好好配合我們。」

「我們商隊很樂意配合。」哈維恩很正常地應答，接著開口：「既然你們承認是誤失，那綠海灣在某程度上應該賠償我們的情報損失吧？我們不需要賠禮，但畢竟我們已經付款給情報商人，綠海灣的衛兵卻將人嚇跑，這部分應該要有些表示。」

「在提出合理要求之前，你們眞的不用先看看同伴有沒有事嗎？」衛兵用悲憫的眼神往我們後方看。

都忘記學弟了！

我連忙回過頭，看著學弟蜷成一團趴在駱駝背上，淚眼汪汪的眼睛很無助地盯著我。

「綠海灣可以提供醫療……」

「不用了，我們商隊有自己的方法。」要死，眞被拖去綠海灣治，學弟的身分一秒就曝光了。

而且仔細一看，學弟身體底下完全沒有血，也沒有什麼奇怪的液體，整個人就是捲起來一直抖、抖個沒完，那張很可憐的臉氣色莫名很好，感覺還很有精神。

沒記錯的話，之前黑色仙人掌挖出來的是人參塊吧？

我有種想衝上去把箭拔出來的衝動。

哈維恩似乎也發現好補學弟的不對勁，拍了我的肩膀一下，臉色不改地對衛兵說：「我的同伴會處理，請先讓他們離開吧，後續由我與你們詳談。」

衛兵想了想，抬起手，包圍的人群突然整齊劃一地讓開一條路。

「等等，離開之前，你們也得替我們的通行證明加上保證，我們已經被衛兵搜查過一次，暫無可疑之處的證明。」哈維恩指著霹靂彈加碼勒索。「這也是避免『誤失』再度產生。」

不得不說，攜帶一隻哈維恩的確很有用——不要短路去砍人的話。

衛兵看起來有點困惑、有點為難，但估計是因為先砍我們的前提，最後還真的在霹靂彈上加了一個小光點，作為這支衛兵的巡查證明。

之後，我就在哈維恩的目送之下，和其他人先行離開。

※

走出了幾條街道，我讓五色雞頭去找一間不起眼的偏僻小旅館，盡量多塞點錢給老闆讓他閉嘴，才終於挾著好補學弟進房間治療。

這家旅店其實條件很不好，一進門就聞到某種霉味，大廳有些髒亂，角落堆疊一些木酒杯，裡頭還殘留酒水；櫃檯後隱約可以看見沒清洗的碗盤，上面有幾隻蒼蠅飛舞，嘗試吸食殘存在碗盤裡的殘渣。

櫃檯上方懸掛著看不出原形的奇怪乾肉，肉乾氣味混合霉味，實在無法讓人覺得舒服。

但我們別無選擇，若找太正規的旅店，很可能會再被舉報，只能暫時先在這種地方將就。

推開房門，霉味果然又是迎面而來。我開了槍，讓米納斯用水氣簡單清洗房內，霉味才淡去不少，米納斯甚至把床鋪也整理過，原本發黃的被枕稍微白了些。

把學弟扔在床上，他仍蜷著身體一直抖，完全沒有快要死翹翹的模樣。看來剛才就算多被包圍一段時間，這參也死不了。

「你沒事吧？」我扠著手，看學弟自己翻過身。

「沒、沒事……」果然沒什麼事的好補學弟抖著身體，慢慢坐起身，然後把箭折斷、從身體裡拔出來，還帶出一股濃濃的補氣。「好可怕……爲什麼種族都可以這麼快就傷害其他生命……明明大家都一樣是活著的……」

「你在說啥鬼話啊，該幹掉的傢伙本來就該幹掉。」五色雞頭有點不以爲然地挑起眉，「今天不宰他，明天他宰你。要當宰人還是被宰的，沒那麼難選吧！」

「我們那裡不是這樣。」好補學弟淚眼汪汪地看著五色雞頭，「大家人都很好，不用宰來宰去，還會互相交換露水。」

眞是個和平的菜圃。

不過我大概可以了解好補學弟的糾結，我剛入學那時也是這樣呢，誰知道會有各種東西砍過來，這世界的運作眞沒人性。

稍微檢查了下學弟眞的沒有受傷，連被貫穿的洞都不見了，只有空氣中殘留的參味濃了些，完全覆蓋原本的霉味。還好剛才我們趕緊走人，否則這味道溢出來，綠海灣那些奇歐妖精不覺得奇怪才有鬼。

看學弟好像沒打算抖完，我也懶得去開導他，正想把一行人所在地告訴哈維恩時，房門突然被敲了兩下，接著被推開，哈維恩居然就這樣走進來。

……好，我了解你們都有追蹤能力，我不想問了。

「沒事嗎？」哈維恩看了一眼縮在床上的學弟，挑眉，接著嘖了聲，好像很可惜沒少一個阻礙。

「我才不會有事！」學弟從床上跳起，用力拍拍自己胸口，「我被噴射機輾過都沒事！」

原來你被噴射機輾過嗎？

我把好補學弟按回床上，轉向哈維恩，「綠海灣那邊……」

哈維恩瞪了學弟一眼，估計本來想把學弟打出去，不過我發問了，他就乖乖地走過來，看也不看五色雞頭便直接開口：「那些衛兵知道的也不多，但他們的說法與冒險團相反。」

「相反？」我有點意外。

「他說是海盜先攻擊綠海灣。」

綠海灣的說法與一開始我們聽見的一樣，是海盜先引起紛爭進而襲擊綠海灣，所以奇歐妖精才會攻擊。與哈維恩對談的衛兵甚至帶著怒氣說奇歐妖精不會無故招惹事端，他們通常都是處理已發生的威脅，以及排除對世界有害的不利之物……海盜不就是不利之物嗎我說，排除他們聽起來好像很合理。

「不過有些部分與冒險團的說法接近，像是有許多海盜船突然出現，又或者被奇歐妖精擊敗之後再度出現，這讓綠海灣的守備變得很吃緊，到最後不得不呈報公會。」哈維恩從包裡拿出一卷東西，恭恭敬敬地交到我手上，「我與他們交換了一些地圖情報，這裡標示著近期綠海灣遭襲的範圍。」

我攤開地圖，上面的確很詳細地記錄了綠海灣的地形，以及各種標誌，接著我默默把地圖遞給哈維恩——看不懂妖精字啊！好歹也用通用語標，至少我爛爛的通用語多少還可以勉強讀懂！

哈維恩再度用某種輕微鄙視的表情看我一下，接著把地圖按在桌上，食指在上面畫出個弧，那些地圖立即浮現起發著微光的影像，「這一帶是攻擊發生最多的區域。」說著，他引導我看向一處充滿紅點的地方，有些密集，位置是在港口附近的一座斷崖邊，「這裡以前發生過不少事件，夜妖精雖然並無與其他白色種族來往，不過曾自旅行者口傳中聽聞過些許。」

正想開口問是什麼事件，我頭頂突然被往下壓，身後的五色雞頭很不客氣地探到前面看，「囉囉嗦嗦個蛋，在那邊看半天還不如直接殺去！」

「不，沒有人要殺去。」我推開五色雞頭，「我們是來找學長的，不是來火拚。」

「路過火拚沒問題。」五色雞頭朝我比了記拇指。

誰跟你路過火拚沒問題！

「那地方除了攻擊事件比較多以外，以前發生過什麼事？」我無視五色雞頭的詭笑，決定正經地和哈維恩先講完話。

「這裡在遠古時是一個白精靈渡口，比大戰更久遠，夜妖精有保留下一部分的傳唱史，大致上是白精靈原本使用此處作為『某物體』的接駁渡口……白精靈是原始最純正血統的精靈，這件事您應該知道吧？」

哈維恩的語氣有點看扁我了，我一秒回知道，他才繼續說下去。

「傳唱史中提及白精靈渡口遭到黑影襲擊，所以白精靈揮出尹穆克英雄劍斬斷土地避免污染，幾千年下來歷經地形改變，成為現在的海灣斷崖模樣。奇歐妖精未掌握綠海灣前，有不少白色或黑色的勢力在這裡尋找白精靈遺留的物品，他們相信白精靈還在渡口裡留下什麼、甚至可能把英雄劍留下，所以經常發生各種摩擦紛爭，有一段時間因為爭奪，造成相當多死傷；直到奇歐妖精將綠海灣納為領土，強行實施奇歐妖精的治理律法，才終止這些無意義的爭奪。」

哈維恩瞥了眼正在打哈欠的五色雞頭，露出「糞土之牆不可杇也」的厭煩神色。「我打聽過了，海盜或者綠海灣開始彼此襲擊的最原始點就在此處，我想或許在那邊能夠找到些線索。」

「嗯，那我們先和夏碎學長會合再看看要怎麼做吧。」我轉過頭。嗯，很好，好補學弟已經沒有抖那麼厲害了。「學弟你要待在這裡嗎？」

「不要！」好補學弟立刻跳起來，「沒事、我沒事！」

沒事就不要衝過來抓我的衣服！

再度把學弟從我身上剝掉，我看向五色雞頭，後者一臉無所謂的樣子，但我很害怕他真的會趁我們不注意的時候去那個古渡頭大破壞……心好累。

「學長，你身上什麼在發光？」好補學弟的問題把我拉回現實。

在發光？

我靠！霹靂彈！

連忙拿出那顆彈，但沒在上面看見什麼光，所以我重新翻找了下口袋，取出不知什麼時候在我口袋裡、正在發著小小光芒的金幣。金幣上有海女妖的圖案，沒記錯的話，這是之前在追外星人那兩人給我的東西。

金幣一拿出來，四周突然出現一層細細水霧。

哈維恩瞬間抽出短刀想劈掉金幣。

「等等！」一秒擋住他的刀，我正要把金幣拿開時，後頭就伸出一隻手抓走金幣。

「漾~你哪來的？」五色雞頭轉著手上的金幣。

「……我媽生出來的。」半秒後我收到五色雞頭的雪白之眼。

「這似乎是芬尼爾之幣。」哈維恩收起刀後恭敬地靠過來，說出很正經的話。「這是海上通行專用幣，但沒有在陸地上使用，流通的年代比種族大戰更為久遠，您怎麼會有這個？」

「人家送的。」我也不知道抓外星人二人組怎麼會有這種東西，當時直覺對方只是給個紀念品，沒想到居然是古董。這世界還眞是人手一堆古董……古董都不値錢了我說，眞是好一個土豪世界，「這有什麼用？」

「在古代是用做進出特定渡口或海上商會的證明，芬尼爾幣由掌管海域的三大水族共同鑄造，持有者可以自由進入限制的區域，或是購買難以入手的珍品。不過在很久以前，各種族變遷，尤其是白精靈完全退出歷史後，芬尼爾幣就失效了，最後記載僅是充當信物使用，也已經不再看見流通。」哈維恩頓了頓，說道：「我是在歷史記錄上看過，學校的圖書館有許多罕見歷史記錄，您眞應該空出時間好好待在那裡，對您會有幫助。」

……這隻黑小雞知道他開始對我用敬語時通常都是用在嘲諷我上面嗎。

說好的忠心呢！夜妖精難道都是嘲諷式服從的風格嗎？

很想朝黑小雞來個白眼，但我不確定他會不會插我眼睛，所以只好繼續正經話題，「那你知道為什麼會變這樣嗎？」金幣還在發光，水霧也還在，不知道是不是我的錯覺，我總覺得這些水霧有點黏黏的，舔一下手還有鹹味，似乎是海水。

「可能你身上有相應的物品。」哈維恩劈手從五色雞頭手裡奪過金幣，速度快到五色雞頭一時沒反應過來，等到他做出反應要開揍，我立刻攔住他。

哈維恩手上浮起一個小小的五角形圖紋，金幣立即回應術法，在上頭轉起圈，接著室內突然傳來隱隱約約的女性歌聲。我把手肘往後一推，正好把尖叫著要撲上來的好補學弟撞回床上去趴著。

「失禮了。」哈維恩在我面前側過身，從我背包裡拿出另一樣物品——黑山君給的銀幣。似乎正在回應金幣，銀幣發出了一層淡光，兩枚硬幣放在一起後傳出我之前經常聽見的清晰歌聲。

迷惘　迷惘的旅人

撥開霧簾　尋找路線

聽見這歌聲　就隨我來

如果不吝獻出你的吻，就能在霧裡得到永遠盼顧……
如果不吝獻出你的身，就能在海中得到永遠擁抱……
如果不吝獻出你的心，就能在深海得到永遠之愛……

迷惘的旅人吻……

在水霧另一端，我們看見纖細的身影站在海波中的岩石上。

不過影像只有短短一瞬，很快就在空氣中散化歸無。

哈維恩手上的圖紋開始淡淡消去，兩枚硬幣也停止轉動，躺回他的掌心上。「這似乎帶著某種古老訊息，這枚指引銀幣導出了芬尼爾幣中的力量，應該已經持續一陣子了吧？這上頭有著啓動過幾次的痕跡。」

「是有一陣子。」我點點頭，覺得哈維恩不愧是資優生，這樣都看得出來，不去考個什麼袍眞是太可惜了。

「漾~這種事你居然沒叫上大爺我。」五色雞頭把手搭到我肩膀上。

「忘記了，最近事很多啊。」我再度把另一邊手肘往後一推，撞開大喊著「學長也要叫我」的好補學弟，二度將他撞回床上趴著。

「那……」

「請問你要調出裡面的力量嗎？」幾乎把五色雞頭當空氣般打斷對話，哈維恩這樣問道。

「出來，保證不打死你。」五色雞頭拽住哈維恩的領子。

哈維恩皺起眉。

「給我住手。」在他們兩個眞的要拉出去釘孤枝之前，我先從中間把兩個人分開。

正想說點什麼，外頭突然傳來騷動的聲音。

「發生什麼事了？」

吵鬧聲不只出現在窗外，房外走廊也有，自遠而近，而且音量逐漸加大。哈維恩快步走到門邊打開房門，抓住一名剛好從外頭跑過去的住客，直接開口詢問對方焦急吵鬧的原因。

「海盜又來了！這次很近！」看起來像是一般人的房客急急忙忙地說：「城裡的流寇突然也鬧起來，現在外面有點危險。」

危險？

我猛地回過頭，果然看見五色雞頭打開窗戶準備跳窗，便立刻衝上去抓住他的衣服，正好趕在他往外跳之前把他拉進來。

「漾~有架不幹枉為人！」五色雞頭很沉重地看著我，以痛心的語氣說道。

你常常幹架才不是人啦！

不過從窗戶看出去，真的能看見外頭似乎起了什麼衝突，遠一點的天空有幾處在冒煙，有個地方還炸出火焰，像是砲擊的轟隆巨響就從那個方位傳來，地面跟著一震，四面八方快速轉出了防禦型術法，大量法陣在空中拉出，有些我看得懂，有些繁複到根本不知道是什麼。

「看來這邊可能也不太安全。」哈維恩放開人，重新關上房門，接著走過來在周圍已布下的陣法上多加固兩層。

「漾~放手。」五色雞頭仍然蠢蠢欲動，「不然就砍你。」

「我們現在用的是別人的外表，想想好心帶我們偷渡的商隊，江湖道義有教你要恩將仇報嗎？你現在衝出去給商隊製造麻煩，害他們的假臉被盯上的話，就不是江湖好漢。」我看著五色雞頭，試圖用江湖步數說服他。「做人要有良心，你走江湖還不帶好良心，你對得起那些列祖列宗嗎！」

五色雞頭果然皺起眉，好像在思考了。

但是他的思考維持不到五秒，「這簡單！本大爺行走江湖從不縮頭藏尾，大爺這就用眞面目去屠城！」

這什麼結論！

「須要砍掉他嗎？」哈維恩將手按在短刀上，看著即將暴衝的五色雞頭。

「學長學長！我們也去行走江湖！」終於逮到機會不會被打回去的好補學弟馬上蹭過來。

……

我想砍掉你們全部的人。

這已經不是心累的程度了，我覺得這是想殺人的程度啊啊啊啊啊啊啊！

我是在帶幼稚園兒童出來踏青嗎！嗄！是嗎！

「你們通通給我節制一點！」也不知道從哪來的怒氣，我一秒狂吼了，吼完之後才發現五色雞頭一臉錯愕，哈維恩也退後兩步，好補學弟甚至已經趴回床上裝死。

好，總算是安靜了。

我按壓住胸口不知從哪浮出的怒意和躁動，覺得這些傢伙再多來幾次，我搞不好眞的會發動黑暗戰爭。

吁了一口氣，決定等等去泡點摩利爾幫我配好的茶。

轉過頭，看見五色雞頭表情有點複雜，我突然覺得好像有點糟，萬一這傢伙神經線接回去，等等跑來砍我怎麼辦！

「漾～」

「等等，我要冷靜兩秒。」我要想想該怎麼才不會被砍。

「你身上有其他東西在發光。」

五色雞頭的話太正經了，正經到我下意識低頭往身上看。

這次真的是那顆霹靂彈在發光。

「……」

那瞬間我只想到我們這幾個腦殘可能會在保護結界裡被炸得血肉模糊。

第一個反應過來的哈維恩立刻奪走那顆霹靂彈，層層疊疊的術法從他手中炸出來，團團裹住霹靂彈，「有人在鎖定我們！快做好準備！」

鎖定？

五色雞頭嘖了聲，甩出爪子跳上窗框，眨眼就將某樣物體直接從空中揍下去。只是一剎那間的事，我聽見重物撞地聲才反應過來。

「米納斯。」我甩出槍，朝窗外連開幾槍，雖然什麼也沒看見，但米納斯的黏彈果然打到東西，有幾團物體從空氣中浮現，被黏膠擊落黏到外頭地面上。

回過頭，好補學弟已經躲到床底了……你到底跟來幹嘛的喂！

「請小心。」哈維恩將裹成木乃伊的霹靂彈往我背包一塞，抽出短刀俐落地跳出窗外，動作輕巧地落在外頭的小屋簷上。

「漾~等等再跟你算帳。」五色雞頭瞥了我一眼，也跟著跳出去……拜託你打完就直接忘記剛剛的事吧。

我有種待會好像會悲劇的感覺。最可怕的是，悲劇主角還是我，怎樣都輪不到五色雞頭。

默默哀悼自己的同時，外面已經打起來了，有幾個身影被哈維恩從空氣中逼出來，仔細一看都是穿著暗色斗篷的陌生人，斗篷上有個像是鱷魚的奇怪印記，不知道是代表什麼隊伍或是部族。

雖然哈維恩和五色雞頭互看不順眼，根本沒有合作意思各打各的，但很快就把襲擊者全部擺平，其中一個看起來像是首領的人被哈維恩拖進來。

「裂齒傭兵。」哈維恩顯然認得那個鱷魚印記，「我聽說已經加入黑暗同盟，為何會出現在這裡？」

聽見黑暗同盟的那一秒，我以爲他們是衝著我的身分來的，但哈維恩看了我一眼，搖頭，我才想起來我們現在外表是別人，沒道理黑暗同盟會這麼神立刻找上來。

「交出你們手上的東西。」被壓制的傭兵發出令人不舒服的沙啞聲音。

「東西？」哈維恩挑起眉。

「唱出海妖歌的東西。」傭兵再度開口：「否則黑暗同盟將視你們爲敵。」

你們黑暗同盟還想招攬我們去毀滅世界呢。

我在心中冷笑了下，蹲旁邊繼續看戲。

「你們發現了啓動力量才鎖定我們嗎？」哈維恩一腳踏在傭兵手上，但傭兵臉色完全沒變。「既然你們捕捉到商隊的標記，就可明白我們的勢力。」

傭兵冷冷地笑了，「在黑暗同盟之前，你們什麼也不是。」

「爲什麼要找海妖歌？」

哈維恩的問題還沒得到解釋，一邊的五色雞頭突然跳起來，旋身踹開哈維恩；就在黑小雞被踹離原地的同時，傭兵身上炸出大量尖刺，整個人像刺蝟般快速膨脹。接著，傳出我們都熟悉的黑暗氣息。

「鬼族。」哈維恩嘖了聲，擋到我面前。

鬼族的力量一擴散，外面馬上出現大量吵鬧聲，全都往我們房間衝來。

「驚動公會和衛兵了。」判斷出外頭來了什麼，哈維恩按住我的手，讓米納斯回到手環之中，同時瞪了五色雞頭一眼，讓他收掉獸爪。

下一秒，房門被踹飛，大量衛兵擁進來。

「又是你們！」

熟悉的聲音，熟悉的小衛兵指著我們，怒吼。

第二話　隱藏的渡口

綠海灣衛兵動作很快，加上幾秒後到達的兩名白袍，迅速將化成鬼族的裂齒傭兵完全壓制，全部捆起來當場拖走。

讓大部隊先離開後，小衛兵走到我們面前，拿下頭盔。

「你們究竟在打探什麼？爲什麼會連鬼族都引出來？」衛兵用狐疑的目光盯著我們，那表情好像是我們在房間玩降靈玩出不該玩的東西。

「我們也不明白，大白天在綠海灣竟然有鬼族冒出，我認爲這應該是奇歐妖精的誤失，似乎應該是由我們詢問奇歐妖精爲何會不知道有鬼族在綠海灣中徘徊呢？」哈維恩馬上狐疑回去，還扣對方帽子，繼續不斷栽贓，「沒想到大名鼎鼎的奇歐妖精竟然會在一日之內犯下兩件誤失，眞讓人擔心在這裡經商的安全性，我開始懷疑奇歐妖精的威名。」

衛兵被他這麼一搶白，也有點啞口無言，呆了一會兒後，才有些尷尬地咳了聲，「這方面確實是我們的失誤，令幾位受到驚嚇，眞的很抱歉。不過現在海上又出現海盜船，說不定也是他們同夥，請幾位暫時別四處亂逛，等到收到安全通報之後再行離開。」

「請問海盜船是什麼樣子呢？」

這個問句不是來自哈維恩，也不是我或五色雞頭，更不是還縮在床底下的好補學弟。

衛兵詫異地回過頭，看見夏碎學長不知什麼時候站在自己身後，可能是因爲完全沒發現有陌生人，瞬間防備漏洞的危險讓衛兵顯得有些驚慌，但很快便恢復原本的神色。

「他是我們的夥伴。」沒看見小亭，大概是縮回去休息了，我連忙說道。

夏碎學長對我笑了笑，轉向勉強鎮定下來的衛兵，「海盜船是否又是重複出現？」

「呃、對，好像是我們前幾天才擊退的船，可是奇怪的是，竟然沒有傷損，幾日前我們幾乎快將那艘船打沉……」衛兵以不解的語氣說：「近期不斷發生類似的事，但奇歐妖精會竭盡全力守護綠海灣的安全，請幾位放心。」

「你們沒有發現其他的問題嗎？」夏碎學長用有些好奇的語氣問，「我的意思是，大家都曉得奇歐妖精的強悍，但這樣重覆攻擊實在不太對勁。」

「當然，我們也覺得不對勁，可是海上又沒有特別奇怪的問題。海軍們搜尋了幾次，也有公會的人去勘查，雖然有些混亂法術，但大多都是在衝突中留下來的，清除後便沒什麼。」衛兵說到這裡，突然閉上嘴，可能被下過封口令，「總、總之就是那樣，海盜們大概在動什麼壞主意，我們會全力制止的。」

又大致說了一些讓我們小心安全的內容，衛兵才退離旅店。

看著夏碎學長，雖然我很想問他怎麼知道我們在這裡，但估計又會得到「我是紫袍」之類的回答，我就沒自討沒趣去問這問題了。「夏碎學長發現什麼嗎？」

夏碎學長豎起手指，讓我暫時安靜，接著從懷裡拿出幾張符紙貼到房間周圍，之前在宿舍中感覺到的異空間感再度出現，我們所在的客房被完全隔離。

哈維恩有點驚奇地看著那些符紙，好像巴不得請夏碎學長馬上教他這手。

「我發現了一些『他』留下來的記號，他們顯然在綠海灣有些不得不處理的事。」夏碎學長輕輕開口：「『他』判斷必須優先處置，而身為黑袍的休狄殿下與紫袍的阿斯利安也同意，看來這便是他們轉回綠海灣的主因。」

說著，夏碎學長讓我們靠到桌邊，他取出了一卷地圖，幾乎與剛才哈維恩弄到手的一樣，上面記錄了最近各種襲擊的分布狀況。但與哈維恩手上那份不同的是，夏碎學長的地圖上隱約還有著另一層透明文字，字型很漂亮，我看不懂。

「我在這一帶發現有古代大術的殘留力量，但被隱蔽了，一般人很難察覺，必須用特別的偵測方式。」夏碎學長指著一個讓人超級想眼神死的地方。

「白精靈渡口？」我下意識把話吐出來。

夏碎學長微妙地看了我一眼，依舊微笑，「是的，這是一處古代白精靈渡口。就先前我在公會時所知，白精靈曾在這裡斬除被污染的土地，廢棄渡口。但在公會資料中，白精靈同時將遭到污染的某些物體永遠地沉入渡口之下，直到地形變化，被海水與土地覆蓋。」

所以這裡眞的有什麼嗎？

「雖然還未實際勘查，但我想他們應該是前往處理這個渡口。」夏碎學長淡淡說著：「自土地斬斷後，這裡千百年來有各種紛爭，畢竟那種污染逼得精靈竟然不得不使用最終手段，甚至棄置此地，更是引起多方覬覦。或許這次的攻擊事件與那些古老事物脫不了關係，他們才會急著到這裡。古代殘存若沒有處理好，很容易造成無法收拾的大規模傷害。」

「你看看你看看，本大爺就說應該衝過去殺他個片甲不留！」五色雞頭得意得滿臉春風，好像他剛才就說過眞理似的。

殺個片甲不留這個選項是錯誤的好嗎！

「夏碎學長你要去調查嗎？」其實這句多問了，夏碎學長根本就是調查回來了。他剛剛話裡說沒用特別偵測方式就不會發現，那表示他就是用過才發現。

「如果你們也想去，我不會阻止，但是要小心。」夏碎學長沒勸退我們。我看了看那張笑臉，覺得他的想法有點難猜，似乎不會主動反對我們的做法，一整個自己決定就自己負責的放生感覺。離開學院後特別明顯，之前在校內時可能是有學長的關係，也或者是學校裡大家多少都會互助……還是他的身體狀況比我想像的還要嚴重？所以已經不能保證我們的選擇和安危？

不管如何，我希望夏碎學長只是想整我們……不，其實我也不想被他整，我希望他身體健康好好做人。

「說走就走！本大爺從來不背向挑戰！」五色雞頭發出陽光豪語，直接拽住我的手臂就往旁邊拖。

「學長等我！」含著一泡淚的學弟從床底下衝出來，抱住我另一邊手臂一起被拖走。

……算了我已經不想說啥了。

被拉著要跳窗之前，我好像看見哈維恩表情凝重地不知道在和夏碎學長說什麼，壓根來不及多看兩眼，五色雞頭就把我拖著跳窗了。

有門啊各位！

※

重新領回駱駝，這時候街道上似乎已經開始管制，來往路人變得很少，巡街的衛兵則增加了。

哈維恩把解開束縛的霹靂彈掛在駱駝上，果然一路上就沒再被任何人刁難，衛兵大概看得出來這通行證明經過雙認證，沒再找我們麻煩。

把位置告訴駱駝後，這些駱駝好像路精一樣，根本不用我們引導就帥氣走自己的路，而且在某些地方還會抄小路，我想應該是捷徑無誤，人生真的需要一隻好駱駝，連路都不用看，還可以縮在上面補個眠。

「褚。」

就在我真的有點想要入睡之際，哈維恩和夏碎學長共乘的駱駝靠過來。好補學弟拉著駱駝也想往這邊靠，但被我身下的金駱駝踹開，顯然牠不喜歡被其他公駱駝左右夾擊。

「請借我看看那兩枚硬幣。」看來夏碎學長已經從哈維恩那邊聽說剛才發生的事，我沒想太多，馬上把金銀硬幣放到他手上。

夏碎學長翻看了一會兒，就將東西還給我。

「確實是芬尼爾之幣，我與『他』在出任務時見過一次。」夏碎學長說著：「雖然在現代已經失去原本的用途，但在收藏家之間仍相當流行，且價值不菲。地下黑市曾拍賣出高價，至少能換一幢商業城市鬧區中的房舍。」

……還眞是人手一堆古董可以到處亂發的節奏。

抓外星人二人組到底知不知道這東西很値錢？

「但是你這枚還殘留力量。」夏碎學長補上一句讓我覺得很不妙的話。

「會不會爆炸？」我再度擔心起人身安全，不知不覺自己收到的某些東西都是會爆炸的呢。

「爲何會爆炸？」夏碎學長回以一個不解的笑。

「當我沒問。」不會爆炸就好。「殘留力量就是那首奇怪的歌嗎？」

「目前看起來是的，詳細要等調出力量才知道。」夏碎學長停頓了幾秒，再次開口：「不過如果依舊殘留古代力量，很可能……」

很可能怎樣？

看著夏碎學長認眞思考的臉，我再度感覺到身邊有這種話都不說完的人，實在是很殺細胞。他們都不想想被吊胃口的人內心有多脆弱。

「不過看樣子，黑暗同盟似乎也想要這種古代力量。」夏碎學長還眞的給我跳過解釋，直接來到結論。「眞不知道他們想收集哪些，呵。」

別呵，你那個結尾聲有點可怕。

不知道爲什麼我的生物本能覺得應該離夏碎學長遠一點，他剛剛好像瞬間出現某種黑氣。

「管那麼多，反正擋路的大爺通通輾掉。」壓根不把黑暗同盟放在心上的五色雞頭從大前方丟過來一句，他的金駱駝還很囂張地搖著屁股。

雖然想再多問一點金幣的事，但我覺得夏碎學長似乎不是那麼想解釋……正確來說，我覺得他好像在沉思計畫什麼會讓黑暗同盟變得很倒楣的事，所以我就默默地繼續走自己的人生路，試圖擁抱光明。

就在這種奇妙的氣氛中，駱駝漸漸走出城鎮，往郊外樹林走去。

根據哈維恩他們所拿到的地圖，穿過這片樹林後，再走一會兒山坡，就會到達那座紛爭最多的斷崖。

也因爲已經很靠近海灣邊，我們隱約可以聽見不遠處的打鬥聲，還陸續傳來幾聲海上的砲擊。這些砲擊都沒打進綠海灣，是在海外有段距離之處，大部分都落空，罕有擊中的聲音。這應該不是綠海灣的問題，他們很可能只是在恫嚇驅逐，並不打算將入侵者完全擊沉。

離開城市後，一路上所見都很平凡，不管是樹或是草地都超正常，平凡到好像眞的就是在郊外散步，這樣反而讓人感覺特別不對勁！

尤其是在駱駝們的腳步開始放緩之後，我更可以感覺到那種濃濃的異樣感。

「從這邊開始就有不少陷阱，得小心。」夏碎學長從他的沉思中回過神，親切和藹地如此說道：「看來是長年的爭奪所設下的各種埋伏。」

看過去，一望無際的自然風景。

我打從心中讚歎大自然的神奇……你們這些混帳爭奪者，有本事埋陷阱沒本事挖走！害別人上個懸崖還要先走地雷區！

「請稍待一會。」哈維恩看看我，跳下駱駝向前走了幾步，站定後從空氣中拉出幾柄小刀，動作流暢優美地往幾個點甩出去。

小刀釘上地面的同時，有的炸開，有的像是被黑洞吸了瞬間凹出個大坑，還有的噴射出大量尖柱，各式各樣的陷阱一路爆出，看著原本沒什麼的小草原一下變得坑坑疤疤，空氣中瀰漫著一股難聞的氣味。

「這樣基本的陷阱都破壞了，只要小心剩下的術法陷阱即可。」哈維恩挑釁地看了眼好補學弟，重新跳上駱駝往前邁進。

在好補學弟從駱駝上跳出去之前，我很鎮定地開口：「坐下，繼續走。」好補學弟一臉委屈地把屁股放回駱駝背上。

「漾～」這次換五色雞頭靠過來。

我以爲他要追究剛才吼人的事情，硬著頭皮打算萬一他眞的砍我，就先朝哈維恩的方向喊救駕。

不過五色雞頭好像忘了剛才的事情。他靠過來，壓低聲音，鬼鬼祟祟地說：「大爺發現好玩的事，晚一點甩掉這些路障，大爺帶你去生命探險。」

又是老規矩拿生命去探險是吧……

「你又發現什麼？」該不會他注意到哪個陷阱特別不同，想要來踩地雷吧？

「祕密！」五色雞頭給我一個很不妙的壞笑。

祕密＝大難臨頭。

我眼神死地看著五色雞頭和他那金駱駝搖著屁股小跳步地往前奔跑，像是一邊跑一邊撒小花般地越過哈維恩他們，走上第一線之路。

只想安安靜靜找個學長有這麼難嗎？

爲什麼人生路一定要有這麼多分岔？

我摸摸胃，有點痛痛的。

駱駝在山坡又走了一段路，底下的沙土慢慢變成白色，且越來越白，我們也漸漸靠近了據說是古代渡口的斷崖。

說真的，遠遠看過去，第一眼印象並不太讓人驚艷，除了地面上雪白的沙土外，這裡幾乎什麼也沒有。

沒有花草樹木，也沒有任何動植物，就是一整片白土地，大約三、四間教室大小，不算寬敞；盡頭處就是斷崖，崖邊可以看見幾根半透明的斷柱，估計是渡口廢棄那時留下的時代物，隱約有點花紋，但已被歲月和海風給磨蝕，幾乎看不太出來。渡口全盛時期，這裡可能曾經相當漂亮，或許還有不少精靈的白石雕刻，如今卻只剩這麼一點殘留物與土地，很難想像當時的熱鬧。

駱駝在白地走了幾步便不肯再走，全體一致停下，請也請不動。

「從這裡開始還有一些白精靈遺留的氣息，生命對於白精靈的守護很敏感，我們只好做點運動吧。」夏碎學長讓哈維恩扶下駱駝，然後遞了一張符紙過來，「褚你的身上帶有黑色力量，雖然已經掩蓋，但爲了避免引起土地守護的騷動，還是多加小心。」

我接過符紙，乖乖地塞進口袋裡。

白色土地就與我們看見的一樣，一片沉靜，什麼也沒有，沒有提示，也沒有任何遺留下的陷阱或埋伏。從踏入開始，我就覺得這片土地上的空氣變得很乾淨，而且有一種淡淡的、說不上來的舒服感。

沒記錯的話，白精靈是在種族大戰前就已經退出世界了，他們的力量竟然可以殘留幾千年，還帶來這種溫柔撫慰的感覺，這眞的有點嚇人。如果白精靈沒有退出世界歷史，說不定千年前那場戰爭精靈們可以完全戰勝黑暗，學長他爸媽也不用成爲戰爭下的犧牲品。

他們或許……

從胡思亂想中回過神，我才發現大家已經各自散開，五色雞頭在附近亂跑；好補學弟不知道爲什麼躺在地上，雙手還交疊在胸口，一臉安詳和樂，好像隨時可以埋掉他的感覺。夏碎學長和哈維恩站在斷崖邊，似乎在討論什麼。

我想也不想便走到斷崖邊，底下就是海了，暗礁中的漩渦與浪花打得有點大，濺出一層層飛沫。從這裡可以看見遠處變得很小、對峙中的海盜船和奇歐妖精戰船，可能剛才已打過一輪，附近有艘船破爛不堪，正在往下沉。

不知道爲什麼，那些船隻周遭瀰漫著一股白色霧氣，船上應該有人在試圖驅散，霧氣不自然地散開了一些，但很快又完整包圍戰場。

哈維恩與夏碎學長發現我往他們走近時便停下交談。

「『他』的印記到這裡爲止。」夏碎學長看了看邊上的斷柱，「看來這個地方是最後已知的停留處。」

我看著那根斷柱，什麼也看不出來。

學長他們最後來到這裡？

「你們有沒有聽見什麼聲音？」

正看著斷柱發怔，五色雞頭突然從旁邊冒出來。

「確實有個聲音。」夏碎學長點點頭。

除了海浪之外，我好像沒聽到。嗯……挖挖耳朵也還是沒聽見。

滿頭問號地看著其他三人，就連哈維恩都露出有聽見什麼聲音的表情，然後他們一致轉看向斷崖下方。

我也連忙跟著看過去。斷崖下充滿暗礁，原本海浪拍打得很激烈，還有產生一些漩渦，但在我們看過去時，突然全部停止，海面像被誰按下了暫停鍵，瞬間靜止得像是一面鏡子。不過倒映出來的不是我們的樣子……它什麼也沒折射，反而讓我們看清楚海底下的大量沉船。

數量眞的非常之多，沒有十艘也有八、九艘，看起來都相當新，不是古船；看得更仔細些，竟然可以看見船上似乎還有船員。那些船員好像不是屍體，也沒變成水流屍的樣子，像是活著的人，只是在海中沉睡。

這時我想起奇達嘉的話。

他們的船員還困在船上，難道這裡面有他們的船？

「夏碎學……」

「這不是眞實存在於此。」夏碎學長似乎知道我要說什麼，搖搖頭，「幻影。」說完，他取出符紙，摺成了小魚般的形狀，在空中鬆開手，讓符紙下墜。墜落同時，符紙在空氣中變成一條眞的小魚，落水後滑溜地竄進深處。

一看到小魚的狀況我就明白了，魚在我們眼前鑽進水裡，但水面上的畫面卻沒有小魚，仍維持著剛才我們所見，魚好像平空消失了，連個影子都沒有。看來那些沉船的影像是從他處映照過來，不知道是湊巧還是刻意讓我們看見。

「我的身體狀況無法吟唱相應的咒術，可能會粗暴些，請你們往後站。」夏碎學長朝我們微笑了下，等到我們都站開一段距離，他才轉回海上的方向。「小亭。」

黑蛇從夏碎學長袖口滑出來，在手背上幻化成金眼烏鴉振著翅膀。

「開啓紅龍陣。」

金眼烏鴉叫了聲，展翅往外飛去，然後在海域上盤旋，每到一個定點就吐出一小團紅色的光；這樣來來回回幾圈後，空氣中已飄浮十來顆光點。布置好光點，金眼烏鴉便飛回那些光的中心點，接著吐出一個法陣。

整個空氣一震，從法陣裡發出輕輕的詭異風聲。

原本站在我身邊的哈維恩皺起眉，我還沒搞懂他的表情變化，他就突然衝了出去，在小亭變回小女孩模樣從空中摔下來、被夏碎學長接住的同時，他已擋到他們面前，急速張開一大面防護壁。

同一時間，紅光法陣裡發出一個震動空氣的劇烈咆哮聲，像某種大型野獸正要廝殺前的示警，充滿讓我頭皮發麻的滿滿不善感。紅光陣就這樣轟然炸開，帶著熱度的爆炸氣流旋繞半圈後，在海面上被吸引一般重新全部聚集在一起，最終如大錘子般重重往平靜的海面敲去。

哈維恩的防護正好阻擋炸開所引起的颶風熱浪，讓白地裡所有人沒受到一絲傷損，在那瞬間把自己埋進土裡的好補學弟當然也一根毛都沒掉。

被擋在後頭的夏碎學長一手抱著小亭，另一手持著白色符紙，然後他勾起笑，將符紙收回手中。我想夏碎學長應該原本想要自己布下防禦，卻被哈維恩搶先一步。

這黑小雞真的很值得嘉獎。

扣除掉自帶嘲諷功能以外，沒什麼好挑剔了。

「如果吟唱咒術完全召喚，紅龍王可能不會這麼生氣。」夏碎學長用親切的笑臉說著很可怕的事，「幸好祂並沒有吐出第二次氣息，否則下方的礁石群必定會被破壞殆盡。」

……原來那個爆炸只是紅龍王在噴氣嗎？

我開始思考完整的紅龍陣到底會出現什麼了。

「使用這種方式，風險太大，請不要將我的主人也扯進危險中。」哈維恩冷冷地說了句。

「紅龍王在破壞某些古代陣法上相當有效，抱歉了，褚。」夏碎學長雖然這樣說，但好像沒太多抱歉的意思。

我搖搖頭表示不在意。

「整個叫出來會多強？」五色雞頭蹦過來，顯然對紅龍王起了超大的好奇心。

「雪野家的紅龍王力量非常強大，據聞能夠與太古炎狼相對抗。」夏碎學長心平氣和地回答五色雞頭的問句，「但雪野家在歷史上不常召喚紅龍王，因爲紅龍王脾氣有些強硬，惹怒的話，雪野家得花一番工夫安撫。」

……

……

等等！

紅龍王是雪野家的？

我看著據說是藥師寺家的夏碎學長。

眞是好一個借刀殺人啊，你這樣隨隨便便用雪野家的紅龍王眞的沒關係嗎！雪野家要擦屁股啊喂！

「放心，我讀過雪野家的文獻，紅龍王不曾因怒氣傷害性命，頂多運氣會差些，作物會減少些，或是有段乾旱。」夏碎學長悠悠哉哉地說著。

這已經不算些了吧！

感覺很影響生計啊，想想那些務農百姓的辛酸！

夏碎學長轉向海域，好像不覺得有什麼問題，「看來成功打散一部分遮蔽。」

跟著看下去，我們看見了剛才平靜的海面上出現一塊陣法，像是某個大陣法的一角，文字與我學過的完全不同，而且密密麻麻地疊出十多層，上面不斷閃動奇異流光，光是這樣看著，就可以隱約感覺到陣法力量的悠久。

而且這陣法出現之後，不曉得爲什麼，我除了感覺到古代陣法本身強大的力量，還感覺到好幾種奇怪的混雜力量。打個比方來說，好像有很多不同屬性的東西揉成一團，扔在這片海域的某一處。

「果然與我想的一樣。」夏碎學長拿出本子，仔細記錄下這角陣法，然後告訴我們：「這是古渡口的殘留術法，原本是作爲庇護船隻使用，照理說白精靈應該已經封印了，但現在看來已被開啓……附近似乎出現某種能開啓古代法術的存在。」

「所以這裡出現白精靈？」我很直覺地反應。

「不，較可能是出現古代遺留的某樣物品，所以古渡口才會回應並啓動，這個渡口想要保護那個存在，所以回應遮蔽與幻影類術法。」夏碎學長稍微爲我解釋了下，「看來奇歐妖精沒有注意到，這可能需要高等妖精與先前說的特別探測方式才能察覺，白精靈在製作這些隱蔽保護方面相當高竿，就連現在也很少人能超越。」

啊，所以學長和摔倒王子是發現這個才折返過來？

王子再怎麼說確實也是個黑袍，還地位尊貴，應該就是夏碎學長說的高等妖精，而且他一臉看起來懂不少的樣子，會那種探測術也很合理。

「幻影術法會產生各種假象，或許這裡的海盜和奇歐妖精，作戰的對象一直都不是他們所認知的實體。」哈維恩開口說道，「高等幻影術法會給人眞實感，也會有受傷與耗盡力量感，甚至會迷惑一定範圍內的生物，讓他們產生集體幻象錯覺，很可能是造成這場衝突的起因之一。」

也就是說，綠海灣和海盜們都以爲是對方發動襲擊，但他們只是全體被捲入幻象所造成的幻覺嗎？

這樣的話，前一天差點被擊沉的船，後一天又完好出現也得到了解釋。他們或許根本從未被擊沉過，整個綠海灣和船隻都是在和幻影戰鬥，然後波及擴大。

但就算如此，還是有船眞的被幹掉啦，像奇達嘉他們確確實實失去自己的船和船員，這應該不會是幻影造成的吧？

「囉囉嗦嗦講一堆幹嘛。」五色雞頭露出煩躁的表情，讓他乖乖待在原地好像要他的命，「總之聽大爺的，小的們集體上去幹掉那個元凶！就知道學長他們消失到哪去了！」

夏碎學長笑笑的，哈維恩直接給五色雞頭一記白眼。

說起來，當初白精靈斬斷這個古渡口是因爲黑暗污染，所以污染也被封印在這個地方嗎？是不是又是一個陰影的存在？

我看著海面上開始消失的發光法陣，想起那個孤單的孩子。

不知道他現在在哪裡，是不是沉睡得很順利？

「對了，我們還是先離開吧，剩餘的事情稍後再說。」夏碎學長打斷我的思考，說道：

「啓動紅龍陣，雪野家的人也該到了。」

……

我看著夏碎學長，不知道爲什麼，他好像帶著有點惡作劇得逞的微笑。

反抗期嗎？

哈維恩按著我的肩膀，用只有我能聽見的音量低聲開口：「衝擊古代陣法對施術者負擔很大，即使他用的是預存術法也一樣，我們須要找地方休息。」

被他這麼一說，我才注意到小亭沒有吵鬧，只緊緊抱著夏碎學長，臉上滿是擔心的表情。

五色雞頭看看我們，又看看夏碎學長，大概也看出點端倪，嘖了聲沒再做怪。

確認夏碎學長還可以走動，哈維恩很快地打開移送陣法，準備把我們轉移到商隊安排好的旅館。

四周景色開始模糊之際，我突然覺得好像忘記了什麼。

忘記什麼呢？

※

被忘記的「什麼」大概在我們抵達旅館沒多久就哭著跑回來。

那時候我們已經進入各自的單人房，我放好行李準備先去看看夏碎學長的狀況，窗戶就直接被撞開，匡的一聲響，一臉鼻涕眼淚的好補學弟撞在老頭公緊急打開的防禦壁上。

「學長——你們怎麼可以丟下我——」

好補學弟大哭，防禦壁上被糊滿精華液。

我沉默了兩秒，發自內心誠懇地告訴他，「如果想要冒險，這點小事情就不要計較了。」

糟糕！當時我們眞忘了！誰教他要把自己插在土裡面！

學弟還是用指控的眼神看著我。

我決定放大絕。

「如果這樣都無法調適，你還是回學校比較好喔，學校比較安全，不會有人傷害你。」而且就算被傷害也不會眞的死翹翹。這句我當然是不會說的。

學弟立刻把鼻涕眼淚都擦乾淨，「不回。」

到底在堅持什麼！

看著好補學弟，我眞的很無言，這種人參究竟長了怎樣的死腦筋？

就在我沉思時，好補學弟不知道從哪裡弄出幾顆白色小丸子，放在掌心上攤開給我看，

「這個要給夏碎學長的，我剛才看他體內的氣息有點亂，這可以輔助調息。」

「……你應該不是搓汗垢吧？」我很怕他走濟公路線。

學弟的臉空白了幾秒，接著連忙開口：「不是不是，那個現在對夏碎學長不太適合。」

我靠！還眞的有汗垢丸！

好補學弟天然地笑著，「這個是聖地守護者做的藥，離開聖地時他給了好多好多種，要我在外防身。這個藥效對現在的夏碎學長比較好。」

「……」我瞇起眼睛，盯著人參看。

「怎麼了？」人參歪頭。

「你會治療？」我還以爲他是無限吃自己補自己。

「不是大家都會嗎？」好補學弟給了我一個很奇怪的反問，「我們都會啊。」

我思考了下，很不想證實心裡的答案，「你有學過嗎？」

學弟搖搖頭，「大家一醒來就都會啊，說起來學長身上也有點傷，我一直想要給你藥，可以修補一些狀況喔。」

這是什麼人參自開掛的世界？

那你之前幹嘛要去醫療班浪費資源啊！

有點無言地看著還在嘮嘮叨叨的好補學弟，我直接把他拎起來，打開房門走到隔壁夏碎學長的房前敲了幾下。

很快來開門的小亭對我們比了個噓的動作，「主人在休息，不可以吵。」

「他會治療，讓他幫夏碎學長看看吧。」我把好補學弟往前推。

小亭狐疑地看看學弟，又看看我，不過還是打開門讓我們進去。

一踏進房間，迎面就是一股淡淡的藥香味，味道是從旁邊桌上的藥爐傳出來，聞著很舒服，舒緩了身上某些疲憊。

「有事嗎？」夏碎學長的聲音從床簾後傳來，小亭快步跑去拉開床簾，裡面的人已經坐起來了。

好補學弟歡樂地蹦過去，攤開手掌露出藥丸，和夏碎學長說了一串話。

夏碎學長愣了愣，用我聽不懂的奇怪語言回了好補學弟。接著學弟眼睛一亮，用同樣的語言回答。

他們這樣一問一答來回了幾次，夏碎學長就轉向小亭，「待會兒要吃的藥拿過來。」

小亭立刻從背包裡拿出一個精巧的盒子，湊到床邊打開。

我看好補學弟眞的煞有其事地和夏碎學長講起了裡面的藥物，內心有點複雜。原本以爲是根蠢參，沒想到是醫療高手，看來不能隨便把他攆回去了。

在學弟的幫助下，夏碎學長吃了藥後，看起來氣色果然好很多。

好補學弟完成這一連串行動後，臉上帶光地跑到我面前，很期盼地看著我。

我、我只能咬牙切齒地摸摸他的頭，「算你厲害。」

哈維恩肯定會不爽了。

第三話　再次重逢

稍晚一些來敲門的哈維恩看見我們都在夏碎學長房裡有點訝異。

得知好補學弟會治療後，他的臉色黑得好像好補學弟對不起他全家一樣。我有點擔心黑小雞可能會在半夜去砍人參。

沒多久五色雞頭也在小亭通知下進到房裡。

休息得差不多的夏碎學長這時已離開床鋪，在桌邊坐好，很勤奮的小亭端出各種點心茶水招待所有人。

「我和疾風聯繫過，雪野家的人方才離開古渡口，可能會轉往城內搜尋，我們稍晚可以出發，正好避開不必要的搜查。」夏碎學長悠閒地喝著茶水，「雖然不想動用紅龍王，但要破解古代術法，這是最快的手段，讓你們也跟著藏躲眞是不好意思。」

其實他也不用不好意思，從一開始我們就在躲藏了……而且還升級成公會通緝犯呢。

「安啦，本大爺才不怕四眼田雞的家族，來一個砍一個！」五色雞頭力挺夏碎學長。但是他的表情看起來很希望雪野家找上門，好讓他有多少砍多少。

「那就好。」夏碎學長微笑著點點頭，「早先我放下的追蹤術法應該已經探查到與渡口相應的影響物，我們就往那方向去吧。現在可能得想想出去的方式，我覺得雪野家會在附近放探測術法，用法術連接到古渡口很容易被察覺。」

「那個……」好補學弟小心翼翼地舉起手。

我們全部轉向他。

好補學弟眨眨眼睛，「可以從地道走喔。」

……

爲什麼這個發展有點熟悉？

「我剛剛回來的時候，好怕又遇到壞人，所以從渡口一路鑽回來的。」學弟露出靦腆一笑，交握的雙手有點不安地抓了抓。

「就這麼辦吧。」

我都還來不及吐槽學弟竟然一路高速挖地道回來，夏碎學長已經決定好行走路線。

所以我說，這個發展好熟悉啊！

有沒有每到一個正式城鎮就得走地道的行程？

就在我覺得好像又出現什麼命運嘲弄的詭笑時，我們周圍突然浮起一層淡淡水霧，我立刻取出那兩枚硬幣，果然，正在作怪的金銀幣都在發光，散出略鹹的海霧。

在夏碎學長的指示下，我把金銀硬幣放到桌面。

兩枚硬幣一放置好，突然各自在桌上直立轉動起來。

「讓我調出力量看看？」哈維恩提起之前的詢問，我看夏碎學長沒有反對，便點點頭。得到許可的黑小雞在硬幣下打開某種小陣法，有些微暗的墨綠色閃爍著一點一點的微光，環繞在所有人身邊的水霧越漸濃厚了起來。

哈維恩慢慢將手指靠近硬幣，金銀幣突然靜止下來，其中銀幣一轉，化爲先前我見過的那隻松鼠，靈動的眼睛望著我們。

這時候，金幣上面也出現幾個細小圖紋，隨著哈維恩唸出聽不懂的話語，那些圖紋對聲音做出反應，光芒逐漸變得強烈的同時，周圍景物突然從房間變成了一片烏黑的汪洋大海。

我們站在陌生的甲板上，載動我們的是不明大船，船上一點聲響也沒有，只有海浪不斷拍上船身的規律節奏。

隱隱約約，在黑暗遙遠之處傳來了柔細飄渺的歌聲，如同我先前聽過的那幾次。

迷惘的旅人吻……

周圍霧氣緩緩散去。

這艘船的模樣也稍微變得清楚，能看見甲板上有些正規的行船設備，連繩索都顯得製作用心，編織得非常緊密。

就在這瞬間，我們頭頂上傳來不自然的吱嘎聲，好像有什麼吊在船桅上，一下一下地晃動著，而且數量不少。

我下意識抬頭向上看，在看見上面有很多腳的那一秒並沒有意識到自己看見了什麼，幾秒後，我整個雞皮疙瘩都炸起來，那些腳又漸漸被濃重的霧氣遮掩起來。

「這是記憶幻影。」一旁突然有人用力按住我的肩膀，我回過頭看見哈維恩。

本來想說好補學弟難得這麼堅強，但往後看只看見對方已經抱著腦袋縮成一團，完全就是逃避現實的反應。

影像至此差不多結束，周圍景物再度恢復成旅館客房的模樣。

「看來這枚芬尼爾幣曾經寄宿了求救訊息。」

看著倒下的金幣，夏碎學長說道：「不過訊息年代已相當久遠，上一位持有者似乎並未發現這件事。」

我越來越搞不懂抓外星人二人組爲什麼會把這東西送給我。

難道他們以爲撞鬼了所以才藉由碰巧的理由，像撿到紅包一樣轉手送人抓替身嗎？

「這記錄最少已有數百年歷史，從上面附著的雜七雜八力量看來，經歷過許多人的轉手，就算有什麼事，這艘船應該不存在相當久了。」哈維恩語氣平淡地說。

「不過信號突然甦醒也令人在意。褚，你還有發現什麼奇怪的事嗎？」

面對夏碎學長的詢問，我搖搖頭，「只知道好像是和黑山君的銀幣一起起反應的。」我指著旁邊那隻正在理毛的松鼠。

「黑山君給予的指引之物必然有他的原因。」夏碎學長看著松鼠思考半晌，「也許和我們這次旅程有所關聯，暫時先放在我或哈維恩身上監看好嗎？」

我立刻點頭。

總的來說，放我身上也不知道會發生什麼事，還不如讓他們第一時間處理。這樣就算爆炸，也炸不到我。

就在硬幣的事情處理到一個段落時，我們隱約聽見外頭出現吵鬧聲。夏碎學長的房間有設隔離結界，所以我們不太擔心會波及到這裡。不過好事的五色雞頭已經撲過去推開窗戶，樓下的吵鬧聲隨之傳了進來。

聽起來好像是通用語，大致上可以分辨是……

我靠！是雪野家的探查隊伍！

找這麼快！

不是說才剛離開渡口的嗎！

從窗戶看下去，能隱約看見一隊人馬，旅店的人詢問對方的來歷與用意，那些人便自報了神諭家族的名號，旅店人員的語氣立即變得恭敬有禮。

那些雪野家的人穿著統一服裝，持續與旅店人員交談。估計是神諭家族的名氣太大，周圍有不少人圍觀，有的甚至試圖想讓雪野家的人看他們一眼好作攀談，因此場面變得很吵雜。但雪野家的人相當專心於任務，看也不看旁人。

讓我慶幸的是隊伍裡並沒有看見千冬歲，不過有一些綠海灣的衛兵隨同，很快便看見疾風與其他商隊的人走了出來，配合衛兵讓雪野家的人問話。

「放心，他們探查不出這個房間。」夏碎學長不知什麼時候走到窗邊，微微一笑，「我在製作空間時特別針對雪野家的術法做加強。」

果然，過了一會兒，那支隊伍沒探查到異樣，也問不出有用情報，就這樣快速離開了。

沒多久，疾風就來敲我們的房門。

「你們得小心一些，除了雪野家，奇歐妖精也在調查古渡口發生的事，他們似乎想從力量感回溯施術者。」疾風有些擔心地說著：「你們那一齣太引人注意了。雖然他們也因此發現古渡口不對勁，正在全力追查。」

「請放心，我轉化過力量，他們查不出什麼。」夏碎學長很有把握地如此告訴對方。

疾風還是多講了幾句讓我們留意，然後便回去處理商隊的事情了。

看著夏碎學長似乎真的不太擔心被找上門，我們也就先各自回房休息，等待晚上出發時間的到來。

❀

夜幕降臨，好補學弟帶我們偷偷摸摸地往旅館後方走去。

他挖的地道在很不顯眼之處，旁邊正好還有個狗洞，邊上有些殘留的小骨頭和不同狗毛。

看著又黑又深、剛好可容納一人的地道，我瞬間真想叫學弟和五色雞頭結拜——這些人怎麼老是喜歡在別人的城市裡亂打洞啊？

「小了點。」五色雞頭說出感想。

「有時間可以挖比較大。」好補學弟交換意見。

「夠了，快鑽。」並不想讓他們繼續討論要怎樣做才可以挖出螞蟻窩系統，我直接把好補學弟推進洞裡。

隨著好補學弟「啊啊啊啊啊啊啊啊、咚」的聲音傳來，我大概清楚這洞的深度了。

完全不用人交代的哈維恩立刻拿出一捆梯繩，在狗洞邊固定好，接著拋下去，好像還剛好砸到什麼，洞裡傳來慘叫聲。

哈維恩無視那聲受害者之號，合起雙手，接著打開，在他手中出現了點點綠色光芒，細小的光往洞內飄，地道立即被照亮，清楚顯現出路徑。

「大爺打頭陣！」五色雞頭很豪邁地直接跳下去。

接著我和小亭一前一後往下爬，最末是哈維恩協助夏碎學長跟著下來。

等到所有人都進到地道，上方就傳出聲響，地道入口完全被覆蓋，避免其他人追在我們後面進來。

地道比我想的還要狹窄，八成是因爲學弟的體型，走一走還會遇上太窄必須側身移動的地方，所以走得有點辛苦。接下來有很長一段時間沒人開口說話，大家都專心走著這有點克難的通道，只有最前面的好補學弟一派輕鬆愉快地快速穿過。

走了大半天，好不容易感覺到地道裡出現了海潮的氣味，前方的好補學弟同時說明快到出口了。

脫離地道，我們在白天探查過的白土地附近冒出頭。

跳上地面，第一件事就是把身上的土壤、小蟲子都拍掉，剛才走著走著還有不明物體鑽到我頭髮裡，我一抓直接拉出一條青綠色小蟲子，立刻甩開。

夜間的古渡口散發著寧靜的氣息，白土地在月光照耀下，隱隱發光，比起白天多了一股優雅感。

哈維恩讓我們先藏躲在附近的隱蔽處，等到巡邏的綠海灣衛兵離開，才踏進白地裡。

夏碎學長直接走到白天看過的斷崖邊，抬起手，海面立即跳出一條小魚，正是他稍早放下去的那道符咒。小魚在空中盤旋了幾圈，突然展開翅膀，變成一隻白鳥，振著雙翅往海上飛去，拉出細細的白光指引線。

「看來確實找到與古代陣法相應的存在。」夏碎學長看著飛遠的白鳥，回過頭，「海面上可能不太平靜，我無法帶太多人。」

「安啦，本大爺送佛送到西。」五色雞頭搭著我的肩膀，一秒唰開他的雞翅膀，「有好玩的怎麼會少得了我們！」

他沒張開我還眞忘記他有一對翅膀。

「請不用擔心我。」哈維恩冷冷開口，接著轉出術法，整個人在空中飄起。

所有人看向好補學弟。

「我、我會游泳！」好補學弟露出賭命的表情。

恐怕你會直接沉在海底喔。

好補學弟好像要表示他堅強的意志，眞的衝到斷崖邊，豁出去地要用力一跳——被哈維恩抓回來。

「走吧。」哈維恩有點無奈地在好補學弟身上按下飄浮術。

「走囉走囉。」小亭在旁邊蹦蹦跳跳的，接著一轉變成巨大的黑鳥，直接勾起夏碎學長，展翅飛出去。

我看向五色雞頭，他也正用奇怪的目光看我。

「漾你比較喜歡公主抱還是背揹？」

……

……

兩個被你這樣一說我都不喜歡啊！

「啊～算了！公主抱好了！」五色雞頭的雞爪直接張來。

「等等！我比較喜歡在後面！」打死都不想被他公主抱啊！

「你這人怎麼這麼囉嗦！」五色雞頭居然用「我很難搞」的表情看我，「欸不對，你在後面本大爺就飛不了，你還是用公主抱好了。」

「不我對公主抱有點心理障礙。」尤其是被你公主抱，感覺心中好像會少掉什麼東西。

「難道你想要真情大擁抱嗎？」五色雞頭看看我，又看看自己的雞爪。

我現在有點後悔，剛剛應該求助哈維恩的，現在他和好補學弟已經飄遠一段距離，而我在原地騎虎難下。

五色雞頭看著看著，還眞的要抱過來。

「等！等等等！你可以用從後面抱的方式吧！」我突然想到根本可以抱背飛啊！

「喔！難怪大爺怎麼想都覺得怪怪的！」五色雞頭一擊掌，露出恍然大悟的表情。

……這次回學校後，我一定要快點學會自己飛。

搞了半天，五色雞頭終於帶著我飛到空中，快速跟上其他人。

黑色海域中，隱約可以看見好幾艘船，有的原地休息，能看見隨著夜風飄起的旗幟，大多是海盜船，還有依舊在對峙中的奇歐妖精戰船。

哈維恩在所有人周圍撒下遮掩術法，避免我們被人察覺。

跟隨那條白線，我們飛進了戰爭的中心點——綠海灣的外海。

被海水覆蓋之後，白天衝突的痕跡幾乎完全看不出來，只能從附近還漂著的幾艘殘破船隻，猜測白天的攻防有多激烈。

那些船周圍都瀰漫著奇怪的濃重霧氣。

「應該是在這一帶。」夏碎學長抬起手，盤旋的白鳥回到他手上，變回原本的符紙。

看來看去，我並沒有看見什麼奇怪之處，除了霧氣之外。

哈維恩讓我們先在原地等待，他要下潛到那些船隻裡蒐集情報；正要動身，下方先傳來了動靜。

幾艘靠在一起的海盜船突然發出警訊，接著騰鬧起來，好像有什麼人在裡頭搞鬼，很快地，最右方那艘的船尾燃燒起來，火焰在黑暗的海面上特別顯眼。

海盜船上立時有人敲著鐵盆，一群人趕往船尾救火，但沒多久，連船頭都燒起來，毫無預警。

火燒蔓延到隔壁船隻，接著是下一艘。

原本我以爲可能是奇歐妖精的夜襲，但一轉頭才看見，奇歐妖精那邊的船隊竟然也著火了，火勢還不小，與海盜船這邊幾乎一樣。

有什麼在放火？

不知道是不是錯覺，我注意到霧氣竟然開始移動，從那些著火的船隻周邊離開，再度捲繞上附近的船。

這時候海盜船和奇歐妖精大概都誤以爲是對方的夜襲，雙方重整旗鼓，再度打了起來。

「在那邊。」

夏碎學長開口，我們朝他指的方向看過去，在對戰的兩方船隊附近，有艘幾乎融入黑暗中的船隻輪廓，像是潛伏般地觀望著鬥爭。

那艘船給我的感覺非常奇怪，感覺不到有人在上面，連一點光都沒有，如果不是夏碎學長指出來，我眞沒看到有東西在那裡。

不過，怎麼好像哪裡不對勁？

雖然眞有船，但是……有種說不出來的異樣感。

就在我疑惑的短短一瞬，那艘黑船突然消失了。

「裝神弄鬼！」五色雞頭罵了句，「看大爺把你打出來！」

「等等。」哈維恩攔住正要抓著我一起往下衝的五色雞頭，「那不是實體。」

「得先讓他們停止對戰，否則可能會有更大的損傷。」好像看出什麼端倪的夏碎學長轉看打得越來越激烈的雙方，「他們被幻影迷惑了，我們也是，那些船根本沒有著火。」

「幻影？」我愣愣地看著開始沉水的海盜船。

夏碎學長點點頭，轉問哈維恩，「做得到嗎？」

哈維恩立刻開口：「當然。」

還沒搞清楚他們倆在打什麼啞謎，哈維恩突然下降，降到一定高度後，腳下張開了巨大的金黑色法陣。

「住手！」

不知道從哪邊射出一小團東西直接往哈維恩飛去；哈維恩停下施術的動作，一把抓住不明物體。

「快點住手，你們會把事情搞得更嚴重！」這次聲音清楚很多，是女孩子的聲音，「我們在下面。」

跟著往下看，果然看見黑色海面上點亮了一盞小燈，有艘不起眼的小船划到我們正下方。

那個聲音莫名有點耳熟。

「我們不是壞人，請下來一談。」下面的小燈晃了晃。

夏碎學長與哈維恩交換一眼，哈維恩將手中的東西隨便丟開——只是一顆小石頭。

「他們沒惡意。」夏碎學長說道：「能瞬間識破我們的隱藏，並不是簡單人物，或許他們知道這裡所發生的事，下去看看吧。」

這個提議很快通過，我們一群人開始下降，小船的輪廓也逐漸顯露出來，是艘有點可愛的航行船，與周圍其他大型戰船相比，小巧許多，弧線也較爲圓潤，手工製作的技巧相當好。

不過讓我吃驚的不是這艘小船，而是下降到甲板之後所看見的人。

船上只有兩人，其中一個還覆著斗篷看不出個所以然，但另外一個喊叫出聲的女孩子讓我秒認出來了。

「薇莎！」

這不就是抓外星人那個二人組嗎！

擁有健康膚色的女孩提著燈，臉上露出疑惑的表情，「你是……？」

我立刻撤掉什麼鬼奔跑妖精的外表，薇莎一看見我的臉便瞪大眼睛，興奮大喊：「原來是你啊！又遇到你了！怎麼會這麼巧！鯨、鯨！快看，是上次帶著很強護衛的那個小男孩！」她一邊說還一邊扯著同伴的斗篷，差點把整件斗篷都扯下來。

青年默默把斗篷拉回去，重新蓋好。

「你們認識？」夏碎學長問道。

「漾~你啥時在外面偷——」

我馬上捂住五色雞頭的嘴。

「這兩位是我之前碰巧遇到的朋友。」我爲夏碎學長等人介紹了薇莎和鯨。

「對啊，算是萍水相逢，太巧了，竟又在這裡第三次碰見，我們可以燒黃紙做兄弟了！」

薇莎超開心地說出很不對的話。

別又來一個五色雞頭我說！

「薇莎。」旁邊青年咳了聲，拍了下同伴。

「啊啊抱歉太高興了，就用了之前路上學來的話語，希望你們不要覺得很奇怪。」薇莎樂呵呵地笑著。

我覺得其他人已經認為妳很奇怪了。

「兩位爲什麼要阻止我們？」

等到雙方互相介紹、招呼打完，夏碎學長便直接詢問方才的事。

「你們也是來查看異狀的對吧，先坐，看你臉色不太好，都坐都坐。」薇莎在甲板上跑了一圈，推出很多小椅子。「這年頭年輕人都太容易傷病了，不好好保養，老了之後就會有各種毛病，所以要小心點喔。」

與先前一樣，鯨不太開口說話，靜靜地站在一邊。

薇莎坐定後，環顧我們一圈，最後把目光定在夏碎學長身上，「你們剛才要是出手，術法會反彈的，只會把狀況變得更嚴重。」

「……有吸收術法的異術？」夏碎學長馬上進入狀況。

「對啊，不但會吸收，還會複製反彈，且出現時間不一定，亂打會很糟糕，雖然現在已經夠糟糕了。」顯然在這裡混了有段時間的薇莎眨眨眼睛，「我和鯨之前感到古代術法被啓動，特別趕過來，但是太遲了，這裡已經打過幾輪，複製了各式各樣的法術又回彈，根本沒辦法排除，所以我們只好先去收集水精石，如果可以重設源頭，應該就能消弭影響。」

「你們已經找到源頭了？」我有點訝異。

「找是找到了，但是進不去。」薇莎一攤手，「我們還有個同伴，本來在監控發展狀況，拿到水精石後就可以會合處理，可是被那隻鬼東西吃了浪費很多時間；回到這裡後，同伴已被捲入古術法，現在封印在海底沉睡。這就很麻煩了，因爲那個同伴才有辦法解開外面這些亂七八糟的混亂術法，切開空間讓我們進去。」

我想起了遭揍的ＥＴ，然後把ＥＴ扔出腦袋。

等等，封印沉睡？

「沉船的船員被封在船中沉睡，也是你們口中的源頭做怪嗎？」我連忙發問。

「是這樣沒錯。」薇莎點點頭，「我們試圖警告這些船，但沒人理我們，又不能發法術隔離，眞是麻煩。奇歐妖精那些腦子像鐵似的，自己沒感覺到異術的存在，就一直認爲我們在搗亂，想要找他們高階的貴族來實地查看，卻又沒幾個懂特殊探測。」

「如果進到源頭之中，兩位有方法可以制止嗎？」夏碎學長看著女孩，問道。

「應該可以。」薇莎點點頭。

「你們是啥來歷啊？」五色雞頭很狐疑地盯著兩人，「旁邊是條魚吧。」

「沒禮貌，鯨是海民、水族的一員，你才是隻雞呢！」薇莎扮了個大鬼臉，說著和我英雄所見略同的話。

「什麼！竟然敢說本大爺是雞！出來釘孤枝啦！」五色雞頭一秒炸了。

「你就是隻雞！怕你啊！」薇莎也跟著槓上去。

……看來我絕對不可以在五色雞頭面前說他的綽號。

「薇莎。」鯨拉住自己的同伴。

我也連忙拽住五色雞頭。

薇莎和五色雞頭對瞪了一眼，兩人各自哼了聲把頭轉開。

其實你們是失散多年的姊弟或兄妹吧？

「說到來歷，我也都不知道你們是誰啊。」薇莎抽回自己的手，扠著腰。

「這是我們的失禮。」夏碎學長微笑了下，卸除偽裝。旁邊的哈維恩和好補學弟也快速恢復自己的眞面目。

看清楚所有人的樣子後，薇莎張大嘴指著我們，表情好像見鬼了，「你們、你們就是那群通緝犯嘛！」

這也太後知後覺，早在看到我的時候妳就要注意到我是通緝犯啊！

「因為某些原因，我們必須離開公會一趟，請別擔心，不會牽連到兩位，只是因為沒有申報而造成的誤會，我打算等事務完成後回去解釋清楚。」夏碎學長依舊和煦地微笑。

「你知道雪野家大街小巷在翻水溝蓋嗎。」薇莎神經兮兮地靠到夏碎學長邊上，「超可怕的，他們連下水道都鑽進去了，你到底是欠他們多少錢？他們特別要找到你喔，懸賞金高得不得了。」

幸好他們沒連狗洞都鑽，不然我們可能會被抓個正著。

「只是雪野家太大驚小怪了些，沒什麼事。」夏碎學長平和地說著。

薇莎想想，回過頭，盯著我看了半晌，拍了下手，「難怪我就覺得公會通緝很眼熟，你太路人臉了，沒立即聯想到是你。公會放話要把你五馬分屍喔。」

……

……

已經從燒女巫變成五馬分屍了嗎？

我再度捂著胃，還是痛痛的。

第四話　鬼船

薇莎將小船的燈調暗。

不知道是不是鯨的力量，這時候小船已經遠離那些還在打鬥的船隻有些距離，泊在不會被波及的淺水區域。

夜裡的海面上，不知從哪裡傳來像是竊竊私語般的聲音，也好像有什麼視線正在遠處窺望我們，不過看出去卻什麼也看不見，就是一望無際的黑暗海水。

「我來解釋一下整個狀況吧。」薇莎跳起身，再度跑來跑去地推出小桌子，一旁的鯨默默拿出茶水點心，接著還開小爐煮起宵夜。我看他特別細心地放置幾個不同的小砂鍋，開始覺得可能會有什麼好料能吃了。

不過薇莎也是該解釋了，我從頭到尾只聽得懂「起源」，但是看夏碎學長和哈維恩都一臉明白了解啊！眞希望懂普通人心的人可以多一點，眞心需要新手村的大量講解。

「你們剛才應該有看見黑船幻影？」吃食準備到一個段落後，忙碌的薇莎才重新坐回位子開口：「那也是複製形體，被啓動的古老術法這陣子不斷複製各種術法與形體，以極逼眞的影像釋放出來，造成更多幻影，如果方才你們出手，肯定連你們的法術也會被吸收。更可怕的是，被吸收後還會揉合其他物質一起釋放，成爲失控的變形術法，根本難以辨認原始模樣。」

「嗯？這聽起來有些像古代鏡陣。」夏碎學長很快反應過來，聽他這麼說，薇莎雙眼發光，好像遇到知音。

「對對，錯落的五返鏡陣，全名就是這樣，知道這古術的人可不多。」薇莎興奮地擊掌，「七葉醬被封印前和我聊過，我們認爲被啓動的五返鏡陣喚醒了古渡口隱藏的庇護，所以才一直沒被發現。白精靈的古老庇護很難有人可以分辨得出來，你們用那種方式擊破庇護一角，將之曝光，讓我們很驚訝呢。這樣綠海灣和海盜應該就會開始收斂攻勢，注意到眞正的事態。」

「七葉醬？」我怎麼覺得這名字好耳熟。

「和學姊一樣姓呢。」好補學弟不自覺地提醒我，一邊的五色雞頭突然嘖了聲。

「你們也認識七葉醬嗎？」薇莎歪著腦袋，「因爲我們比較不擅長現代法術，這裡太多太雜很棘手，所以只好雇用七葉家，七葉醬就是來幫忙的同伴。」

「……七葉家究竟是？」我很疑惑地看向夏碎學長，他似乎也思考了幾秒，看見我盯著他看，就回了我微笑。

說眞的，我不是希望你笑喂。

「降神之所。」哈維恩回應我的疑問，「據說與神諭之所是敵對的存在，歷史上發生過幾次大規模衝突。」

神諭……等等，神諭不是雪野家嗎？

「糾纏了數百年呢。」夏碎學長還是微笑，看起來好像完全不苦惱，「現任當家與藥師寺家也有些淵源，一直主張要廢除藥師寺家的任務，批評這種以生命取代生命是不自然的方式，藥師寺家不該替某些人違逆天命。」

我無言地看著夏碎學長，突然想起之前五色雞頭要我別和七葉家的人走太近，難道是因爲他怕千冬歲會被波及到嗎？怎麼覺得有點貼心？

「哈，最好是有點淵源那麼簡單。」五色雞頭冷笑了聲：「雖然大爺家幾乎代代暗殺他們，不過聽說臭老頭以前特別接到要暗殺四眼田雞他老子的工作；新婚那天，不過很快就被撤銷了。」

怎麼我好像聞到點什麼什麼的味道？

「所以有八卦嗎？」薇莎也露出很期待的表情。

「這些無關緊要的事暫時先放在一邊吧，我想解除五返鏡陣較爲重要些。」直接把話題忽悠過去，夏碎學長神情不改地繼續說道：「古代大術我了解的也不多，雖然以前學習過幾許，但得實際看見才知道。若只是單純的五返鏡，應該不至於有問題，只擔心會不會隨著時間拉長而有所變動。不過看現在的狀況，恐怕已經吸收大量術法整個扭曲，要破解不是那麼容易。」

「對啊對啊，我們也是這個結論，五返鏡陣會吸收各種外來力量做變化，所以要快點卸除比較安全。」薇莎聳聳肩，「先抑止五返鏡，然後打開空間通道就可以進到裡頭，這樣我們就可以有辦法停止……說起來，到底是誰啟動的呢？」

「這些就等平息騷動之後再去回查吧，我想應該能夠找到端倪。」夏碎學長笑了笑，「只是在解陣時，古渡口的庇護術法可能無法再次使用紅龍王衝擊，要打破整個術法，必須將紅龍王完整召喚到這裡，現在辦不到這樣的事。」

我看著夏碎學長仍有些蒼白的臉色，隱約知道下午他應該也是沒辦法才會召喚紅龍王，如果是最佳狀態，估計不會用這種會被雪野家掀水溝蓋尋找的方式。

「如果是白精靈的術法，我或許能稍微抑止。」就在大家各自思考之際，一邊的哈維恩突然語出驚人地表示，「吾等為夜之一族，學習過各種防禦白色種族的法術，短暫時間抵擋應該不成問題，只要……」說著，他的眼睛往我這邊看來。

「褚，你借一點力量給他吧。」夏碎學長也跟著看過來，語氣好像不是在跟我商量，而是在告訴我這件事，「夜妖精的術法中很多需要『黑色種族』的力量來作基礎。『夜』的力量會因爲黑色種族而大幅提升。」

我連忙點頭，「各位隨意……」還能說什麼呢，拿去拿去都拿去。

才剛說完，我突然看見哈維恩眼中可疑地閃過某種感動的目光，希望只是我看錯。

是說，拿又是個怎麼樣的拿法？

「如果您許可就可以了。」哈維恩伸出手，放在我臉前，就像以前黎沚做過的一樣，我覺得有一股氣流聚集到他的手上，接著他收回手，像是捧著珍貴寶物般小心翼翼地收起掌心。

嗯，我身上的力量好像應該要注意使用對吧，這麼來去自如眞的沒問題嗎？

「請放心，如果您不願意，是不會隨意被取用的。」哈維恩停頓了下，好像在考慮什麼，不過很快又開口：「不放心的話，我也能幫您多設置一些守護，讓奇怪的人無法隨意觸碰你，或是奇怪的生物。」說著，他的白眼看向旁邊目光閃閃的好補學弟。

學弟想跳起來抗議，不過忍下來了，一張小臉氣得發紅。

「那就太好了，雖然我們可以應對古代法術，但它吸收太多現代法術了，實在很棘手。」薇莎露出鬆了口氣的表情，顯然眞的被這件事困擾很久。

「雖然很想詢問兩位的出身，但還是先將事情處理完畢再來談吧。」說著，夏碎學長便站起身，原本在咬點心的小亭一秒跑過去扶著。

薇莎笑咪咪地點頭，「對啊，先把事情處理完吧，那我們明晚動手好嗎？」

「咦？」我有點訝異，聽他們的討論好像是想要速戰速決，怎麼突然變明晚了？

哈維恩拍了我一下，搖搖頭，我壓下疑問不敢開口。

「你們就先住在船上如何？我覺得雪野家應該已經發現問題了，說不定很快就會找到你們的旅館，你們有放東西在旅館嗎？」薇莎看了眼身邊的同伴。

東西的話，其實也沒放什麼，我幾乎都收在背包裡，完全沒落下任何東西，其他人好像差不多。有儲存空間就是這點好，可以搬著大堆家當跟著走。

「那就麻煩兩位了。」夏碎學長看我們都沒放東西，從善如流地接受了薇莎的好意。

「沒關係，雖然是小船，但房間夠的，你們當自己的船隨便用，吃的東西也很多。」薇莎笑嘻嘻地說：「鯨很會做吃的，手藝超好，也學過很多藥膳，別擔心。」

夏碎學長依舊微笑。

※

原本我還有些奇怪薇莎所謂的「房間夠」。

這艘小船怎樣看都不像會有很多房間，我也做好睡艙底的準備了，但一被鯨領下船艙，才赫然發現原來船內也使用了空間術法，內部空間非常大，就像薇莎說的，裡面有許多房間，可能睡個二、三十人都不是問題。

「我們離開時爲了不引起注意，只帶這艘最小的船，幸好夠用。」薇莎揹著手，介紹道：「雖然是很小的航行船，但具備所有遠航該有的術法與配備，你們可以安心住，暴風雨來都移動不了它。」

我跟著走幾步，熊熊想起要問薇莎硬幣的事，但她正在爲我們分配房間，夏碎學長已經先進去休息了，現在好像不是很適合問，看來只好等天亮再說。

不知道爲什麼，五色雞頭看起來也怪怪的，他居然完全沒抗議，非常配合安排，沒找我說廢話，就這樣進了自己的房間……糟糕，我好不安喔，這種龍捲風前的寧靜到底是怎樣！

「學長，可以跟你一起……」

「不行。」

學弟的請求被我一秒打斷，便含淚進房間了。

最後，只剩下我和哈維恩。

「請讓我睡在他門口就行。」哈維恩在薇莎要指出他的房間時，突然說出讓我震撼的話。

薇莎看看我，又看看哈維恩，露出欲言又止的表情。

「不是妳想的那樣。」雖然我不知道她想的是怎樣，但是這世界的人有時候腦子不太對勁，先講先贏。

「還未判斷是否確實無危險，我想確保我的侍奉主的安全。」哈維恩冷冷地開口，又變回高傲冷的模樣。

「原來如此啊。說起來，你上次的護衛也很強呢，雖然這次的好像差了點，不過能有這麼多人護衛你，真的很厲害呢。」薇莎勾起一抹笑，「改天如果有機會，很想聽聽你們的故事，不過現在挺晚了，就不打擾你們。」

雖然她的笑容有些奇怪，但我直覺薇莎真的就是個好人，她似乎對我們一點意圖也沒有，看不出任何不軌之心，反而給我奇異的安心感。況且，夏碎學長會點頭留下來，應該是真的沒有太大的危險……

送走薇莎之後，我看著好像真的想在我門口打地鋪的哈維恩，有點被打敗地嘆了口氣，「你進來吧……別睡外面。」搞得好像我在虐黑小雞似的。這小雞已徹底從高冷黑變成媳婦臉，我都擔心一個話沒說好，他又會做出什麼驚人之舉。

哈維恩就這樣真的跟進來了。

船內房間並不大，擺設簡單，就只有張床和基本桌椅，邊上的窗戶可以直接看到船外狀況。深夜的海面又恢復了寧靜，打鬥的雙方再度平息下來，透露著詭異的休戰氣氛。

我看看哈維恩，決定再把話講一遍，「你下次別睡……」

「藥師寺家的少主可能狀況沒有我們想的那麼好，那種擅長術法的類型，很容易被術法波動影響，更別提他還帶傷。我們所在之處已經算是戰場，得盡快將事情辦妥，否則越久，他會越吃力。」哈維恩抬起手打斷我的發言，說道：「我想你應該比較在意這件事。這艘船的那兩人並不是簡單人物，注意到了藥師寺少主的狀況，雖然他們現在沒有敵意，但無法保證是否有其他居心。建立在這個前提上，我建議您最好還是不要這麼放鬆，畢竟我們這邊強者不多，白色種族的邪惡亦經常超乎您的想像。」

我盯著黑小雞。哈維恩的話非常有道理，之前在外面我也遇過不少事，雖然薇莎他們相當親切，但果然還是小心點比較好，否則如果夏碎學長有個什麼，我可能這輩子都不用見千冬歲……不，應該說我搞不好就沒有這輩子了。

「對了，你眞的可以抑止古渡口的白精靈法術嗎？」想想，我還是先提出自己的顧慮。我記得白精靈都很威，那些是更純粹的原始精靈，哈維恩有辦法應付那種東西嗎？他可別因爲想要讓我命令，所以勉強自己。

「請不用擔心，雖然現在不是黑暗種族的時代，但就像白色種族一直想盡辦法對抗黑暗種族一樣，我們也代代流傳並研究獨特抵抗白色種族的各種方法，如果你有興趣，我願意將我所知的都教導予你。依照種族特性，或許你會更適合使用這些。」哈維恩停頓了下，「當然，白色種族的術法也有其優點，兩樣都學，取其長處是最好不過。」

「我還以爲會是那種別學的說法。」滿意外哈維恩會勸我兩種都學，我一時來了興致。

「不，單學一邊是不行的，如果你不懂敵人的手段，就無法有效抵禦對方。冰炎殿下、藥師寺少主甚至您認識的周遭朋友，實際上都懂得黑暗種族的術法，甚至會使用，這在袍級中是必修課題；很多事物並不像您想像中的有界線，將此區隔的，是生命的想法而已。」哈維恩淡淡說著：「就像最開始，其實黑、白種族並不是如現在般敵對，每個生命都知道自己的任務，將此分開的，是後來生物們的自私心態；經過漫長的時間，撕裂該有的平衡。」

沒想到哈維恩會說這麼正經的話，我有點愣住，不知他想說這些多久了……他想把這些話講出來給其他人聽有多久了？

「夜妖精一族……我聽說在太古、在妖師一族手下時，過得相當滿足。」哈維恩握了握手掌，「所以……」

那瞬間我突然有點明白哈維恩把什麼寄望在自己身上。

可是，我不是那個可以完成他心願的人。

應該說，我並不是那個可以讓夜妖精得到他們想要事物的人。

「所以太古時候你們也都一樣會各種術法啊？」

我露出微笑，像夏碎學長那樣的笑容。

哈維恩瞬間像是發現自己情緒外露，很快又恢復原本冷冰冰的態度，「是的，沉默森林研究了許多對抗白色種族的法術，請您可以不用太擔心我，如果連這點都做不到，那我也無顏繼續服侍您。」

在他說完之後，房間內安靜了好幾秒。

我有點尷尬地咳了幾聲，打破寂靜，「反正你厲害，你看著辦吧。」我不會他說的那些，想想也沒立場阻止，既然他說沒問題，那就只能相信他。

「是的。」哈維恩恭恭敬敬地點頭。

思考著剛才的對話，不知道爲什麼我突然有些奇妙的想法，「這樣說起來，應該雙方都很精通彼此的法術吧，我是指超厲害的那種存在，就像學長，而且也都有各自對抗的手法。」

「是。」哈維恩肯定地回答。

「那是不是可能有人可以兩種同時使用？」我知道會有適應性的問題，就像我是水系使用者，對上相剋屬性時肯定會比較棘手，米納斯有時候也會顯露出不想正面對上的反應。但肯定會有那種適應多重屬性的存在吧？就像學長或者萊恩那樣的。

「如果您是指光與暗的話，確實有，在醫療班就有，您也認識，就是獨立處理陰影毒素的幾位專家，他們可以同時使用白色力量與黑色力量不會衝突，進而精細調節陰影的影響。歷年大戰時，醫療班特別容易受到攻擊，尤其是這類型的治療士，襲擊白色種族的人不想讓稀有治療士抑止毒素，會想盡辦法削減數量。」哈維恩有問必答地說著：「我知道您的想法，您是覺得有可能會出現可以調整陰影毒素的人，甚至將扭曲成鬼族的人恢復。但要做到那種程度，所擁有的力量已經不是正常的存在，或許創始神有辦法，要做到那種程度須付出的代價太高，即使是最厲害的精靈與妖師也做不到。」

「這樣啊……」我的確想到搞不好這種人可以有辦法，但聽起來，大概是要強得像盤古一樣可以開天的人才有可能。

說起來，那些神到底死哪去了？

一堆破事情都要神，但眞想要找神幫忙，連個影子都看不見！

等等，狼神可以嗎？

嘖，祂看起來不像會調整的，自己都爆炸、還炸出一堆遺體分身。

看來，短時間內要救艾麗娜是不可能的事……

我抓抓頭，嘆了口氣。

不過說到光與暗的使用者，我怎麼總覺得好像有誰也是？

一時想不起來，先放著吧。

「您可以安心地休息，我會留意動靜。」哈維恩說著攤好了棉被……棉被？

我赫然發現黑小雞已經把床鋪好了！正期待我上床睡覺！

等等這到底是什麼前進萬用管家的節奏，雖然我之前常常感嘆好想要一個像尼羅那樣的管家，但用這種方式實現好像不太對！我應該沒有動用妖師的力量感嘆吧！

「謝……謝謝……」不知道應該怎麼說，總之我還是先道謝了。

哈維恩看看我，接著退開。「我知道您可能不習慣被看著睡，所以已自備好屏風，可以當作我不存在。」說著，他從背包裡拿出一面好大的屏風……別自備！別自備啊啊啊啊啊啊！

不過說起來，之前和摔倒王子一行人旅行時，他們晚上守夜也都是盯著睡覺的大家，我就沒特別不習慣。

呸呸呸！並不想被盯著睡。

看著房間裡的大屏風，我有點無言。

※

翌日一早，我突然驚醒。

對，驚醒的。

我睡到一半發現自己竟然真的睡著，整個人彈了起來。

起床時屏風已經不見了，取而代之的是坐在窗邊、翻著書本的哈維恩。說真的，他這樣文靜看書感覺還不錯，就是個很安靜的夜妖精，應該會吸引一些女孩子的注意。

一發現我醒了，哈維恩便闔上書本，開口：「藥師寺少主請你醒了之後到船艙大廳。」

「咦？多久以前的事？」我看了下手錶，才早上六點多，沒有睡太久。

「五分鐘前，不用擔心。」哈維恩用「如果我再睡下去他也會盡責把我打醒」的語氣說道：「我會讓你不超過適當的集合時間。」

這黑色小雞好像快要變我媽了。

我打了哈欠，連忙爬下來梳洗，接著離開艙房。

才走沒幾步，身後就傳來熟悉的聲音：「呦～漾～」

回過頭，看見五色雞頭直接跑過來搭住我的肩膀，語氣險惡，「大爺昨晚本來要找你去玩的！你竟然讓看門狗擋路啊！」

「欸？沒啊，我……」我默默回過頭，看見哈維恩忠肝義膽的面孔。

「算了，不去是你的損失。」五色雞頭意外地沒有追究，在我覺得他是不是被湖水女神換過時，他再度說：「本來想給你看看大爺的發現，既然沒興趣就算了～」

「什麼發現？」我覺得心臟跳了好幾下。

「不告訴你～～～」五色雞頭扮了個大鬼臉，然後鬆開手跑了。

……什麼狀況？

我愣愣地看著五色雞頭跑掉的背影，覺得已經不是一般般奇怪可以解釋，是非常奇怪！

跑在前面的五色雞頭一轉，轉進船艙大廳，正好與我們同目的地，便很快地跟著走進去。

昨晚經過大廳時就知道這裡擺了不少東西，桌椅當然有，還有一些餐廚用具，看起來薇莎兩人好像真的很喜歡吃，從上船後就吃個不停。現在大廳裡也擺滿了各式各樣的食物，麵包甜點一樣不缺，還有大塊的火腿和濃湯，一進門先聞到的就是濃濃的香氣，肚子瞬間叫了起來。

已經坐在大廳裡的夏碎學長桌前擺著砂鍋燉粥，稍微可以看見似乎是藥膳料理，一旁的小亭正在咬一塊比她臉還大的乳酪。

「學長！」看見我進來，好補學弟跳起來，整張臉發光發熱，好像他做了什麼好事在等我稱讚。

我有點搞不清楚狀況，看看也在吃飯的薇莎，又看看邊上的夏碎學長，後者笑笑地爲我解釋，「昨晚他送來一些藥物，幫上了忙。」

有點意外地看著我以爲是白目的人參，沒想到他還細心跑去夏碎學長那邊幫忙。想想，只好拍拍好補學弟的腦袋，「辛苦了。」

好補學弟立刻發出嘿嘿嘿嘿嘿嘿嘿的扭曲聲音，還挑釁地看了眼哈維恩。我決定不理他們，就算雞要砍參我也不理他們。於是坐到夏碎學長旁邊，拿了桌上的東西來吃，柔軟的麵包一口咬下全是香噴噴的麵粉味。

很快地五色雞頭也跑過來坐在一邊吃東西，不過沒說什麼……你到底有沒有掉到湖水女神那邊？

說起來，他是不是從駱駝跑回來之後就有點怪怪的？

難道是在空間走道那邊有什麼問題嗎？還是那裡有特大號的湖水女神？

晚一點再問問吧。

「對了，夏碎剛問過我們芬尼爾幣的事。」同樣咬著麵包的薇莎抬起頭。她對夏碎學長的稱呼已經莫名變得親近，「我也不知道爲什麼會被開啓，芬尼爾幣應該都已經做了力量廢棄的處置，等這邊的事情處理好之後我再幫你們看看……對不起喔，我原本以爲是普通硬幣才給褚的，我們會把一些硬幣分給喜歡的朋友作爲紀念品，這樣如果哪天他來到我們的地盤，才有個證明。」

「你們手上有很多芬尼爾幣？」她的說法讓我有點意外。

「對啊，畢竟曾經是古代的通關證明，所以遺留下來很多喔。」薇莎這樣回答我。「另外，裡面的求救訊息你們可以不用擔心，那確實已經是過去的事了，約莫五百多年前的一起鬼船事件，早已得到妥善處理。」

「鬼船？」我不禁想起當時抬頭看見的那堆腳，想想有點反胃，連忙搖頭甩開那些畫面。

「沒錯，那是佩里安多克特事件，大約五百年前在魔角峽一帶曾有鬼船出沒，已經沉沒許久的古商船被復甦，佔據了船隻的邪鬼引來更多鬼族，肆虐範圍相當廣。當時佩里安多克特城的船隻正好經過那裡，那是一艘載送公主進行聯盟談判的船隻，沒想到會被襲擊，船上所有人員都死了；這件事驚動許多勢力，最終派出聯軍將鬼船徹底消滅掉。」薇莎嚥下嘴裡的食物，繼續說：「眞是可惜了公主，那位公主在政務上有很高的地位與獨樹一格的強悍手段，解決過眾多領地紛爭，得到受惠各城人民的愛戴，但身體卻很孱弱，沒有修習武術的機會。如果你有興趣，可以去圖書館查查佩里安多克特事件，也算挺有名的。」

沒想到我會拿到來自五百年前的求救，而且還打開了……怎麼感覺有點詭異？

而且黑暗同盟還要強奪這東西？

說起來，魔角峽就是奇達嘉原本航行的地方吧，我拿到的硬幣竟然剛好記錄了這件事，眞的巧合到讓人心底發毛。

「不過你別擔心，之前我們開了一枚有遺留力量的芬尼爾幣，裡面還有很久以前海怪吃人的驚人畫面，正好記錄到求救者半個腦袋被咬下來的瞬間。所以開著開著就會習慣了，不是什麼異常。」薇莎和藹可親地比了個別在意的可愛手勢。

你們家芬尼爾幣都是專門記錄生死一瞬間的嗎我說！這東西正常到底應該是什麼功用啊！

就在我默默繼續咬早餐之際，有人走進大廳裡，抬頭一看是鯨，手上還拿著幾個盒子。

「終於送過來了，這些應該可以爲今天晚上的事情提供輔助。」薇莎很高興地接過同伴帶來的物品，直接放在桌上打開，裡面是好幾個一看就知道等級很高的水晶，隱約蘊含著各種不同的力量。「來來，你們自己挑適用的，臨時收集來的，可能不算很好，但大家看起來都有各自的問題，有些輔助總是好的。」說著，她就將一塊水藍色的水晶塞進我手裡。

握著充滿水氣力量的晶石，我越來越疑惑他們的底細了。

一旁的鯨壓低身體，和薇莎說了幾句話。

「雪野家又跑去你們投宿的旅店囉，幸好昨晚你們沒回去，他們似乎用了什麼方法，把整個旅店搜索一遍。」聽完同伴的話，薇莎轉告我們，「不知道爲什麼，雪野家的人很有把握你們在那邊呢。」

……因爲雪野家裡面有個鬼般的情報班，而且這個情報班現在可能已經神經爆裂地用盡各種手段在找他哥。

「算了，先不管這個。另外就是綠海灣附近出現黑暗同盟，這些傢伙最近小動作很多，你們自己留意點，之前我們打發掉不少，他們一直想對海上的力量做點什麼，如果眞被他們碰了，可能會很麻煩。」大致上交代完事情，薇莎就站起身，「那你們自己準備準備，有需要再叫我們啊。」

早餐差不多就這麼結束了。

※

吃飽後走出甲板，這時船已經不知道開到哪裡去了，總之沒看見岸，也沒看見昨晚那些船隻，四周全是海，還閃耀著各種光芒，看起來莫名和平漂亮。

我看著天空，有幾隻海鳥飛過藍天。

即使是我，站在這邊也可以感覺到周圍有各式各樣的術法在運行著這艘船，特別是水系的感覺很明顯，應該與我自己的屬性有關，可以察覺不少保護壁都是水系的法術，不過和我學的完全不一樣，複雜許多，分辨不出來。

「這上面有很多稀奇的法術。」

我回過頭，看見夏碎學長走過來，我急忙想跑過去，他抬起手讓我站在原地，很快走到了我身旁，「雖然那兩位沒有詳細說開，但我想他們應該是負責清除古船或沉船的專家，或是近似的任務者。」

「還有這種的？」我還以為他們是一般冒險者。

「有的，先前說過航行與古渡頭的事，自古代以來，種族們為了在海上順利航行，使用各式各樣的法術庇護船隻。這些術法不一定會清除乾淨，有些遭受意外或被襲擊沉沒的船隻，在種種影響下，法術可能會變得混亂，成為方才所說的『鬼船』狀態；時間過久會吸引各式各樣不好的存在，因此便有專門的處理者。」夏碎學長停頓了下，稍微拉了拉外套，我這才發現小亭居然沒有跟在他身邊打轉。「這些海上處理者多半都是當時古渡頭或者某些船隻的後裔，代代持續著自己的任務，清除海上障礙，或是那些沉下的遺憾，確保海面上的平靜。看他們兩位如此心急，我想應該是脫不了關係。」

「原來如此。」反正我也沒什麼概念，既然夏碎學長說是，那估計就是了。「對了，夏碎學長你還好吧？哈維恩說擅長法術的人很容易被法術環境影響……」

「放心，我在離開醫療班時已經預設過這個問題，有預先進行必要的處理，會將影響壓在最低程度。」夏碎學長這般回答我。

所以還是有影響吧？

我在心中默默嘆口氣，真希望快點找到學長他們，好讓夏碎學長可以安心回醫療班，好好養護他的身體，順便結束我們被公會追殺的現況。

正想說可不可以用妖師力量祈禱一下時，猛一回神，發現夏碎學長與我靠得極近，而且正盯著我看。「呃……我有什麼問題嗎？」這樣盯讓我覺得雞皮疙瘩都冒起來了。雖然人帥也是個重點，但他這種看人的方式，會讓人連小時候偷拔隔壁門口金桔這種事都守不住口啊！

夏碎學長看了好半晌，勾起唇，「或許，只有你自己最明白你的問題。」

「……」我無言以對，真的不知道該回什麼。夏碎學長說的沒錯，我的問題只有我自己知道……早上梳洗完後，哈維恩已經幫我泡好山王莊的茶，可見他應該隱約有察覺，我得多加小心點才行。那個影響我到現在還沒概念，希望不要出現太糟的狀況。

「褚。」

「？」我歪頭看著已把目光放回大海上的夏碎學長。

「『他』為你們做了很多事，即使你想順應種族天性回歸黑暗，也請不要辜負那些心意。」夏碎學長語氣很輕，輕得像會隨著海風一起消失似的，「『縱使相對為歷史命運，但定義世界的，依舊是生命』。」

他的這段話用的是通用語，不是剛才的中文，所以聽得我一愣。

「你知道為何三董事堅持要創立學院嗎。」夏碎學長轉過來，又是我熟悉的溫和笑容。

我搖搖頭，但我覺得搞不好他們只是純粹好玩。

「其中一個原因是他們無法直接干涉世界運行，但又看了種族爭鬥很久，所以創立學院、廣收未來將改變世界的學生以消弭各式各樣的隔閡。一方面陸續培育出優秀學生作為穩定世界的基礎，另一方面則是……不論在這裡發生什麼，幸好我們都還是學生。」夏碎學長像是說給自己聽，也像是說給我聽，語調輕輕的，「現在依然有後路可退，因為我們都還只是學生。」

我有點不懂夏碎學長告訴我這番話的意思。

有後路可退？

第五話　切割的空間

「漾～你在這裡啊！」

爽快的聲音打破了我與夏碎學長之間奇怪的氣氛，我連忙回過神，看著五色雞頭一跳一跳地跑過來，「總算甩開那隻看門狗，大爺不順眼他很久了。」

「你們聊吧，我讓小亭在大廳等待，她應該也快忍不住了。」夏碎學長與五色雞頭點頭互打招呼後，就轉身離開了。

五色雞頭抓抓下巴，疑惑地看著我，「你們剛剛在講啥？」

「沒事，說一下這兩天的狀況。」我搖搖頭，不太想讓五色雞頭知道剛才的內容，「怎麼了？學弟呢？」眞怪，我在這裡待著好補學弟和哈維恩居然都沒有纏上來，難道這裡有什麼防纏的結界嗎！

「看門狗在和那條魚說話，那條參不知道在幹嘛，一直在煮東西。」五色雞頭嘖了聲，搭著我的肩膀，「先不管他們，煩，礙眼死了。」

難道你變得怪怪的是因爲哈維恩和好補學弟在旁邊？

啥時變得如此介意人啊我說，這人不是經常目中無人肆意狂奔嗎？

不過五色雞頭看起來好像真的很不喜歡他們。

「你們該不會還有什麼過節吧？」難道趁我不注意時他們幹架了嗎……

「漾～那兩個傢伙都有目的，你別和他們太近，大爺的僕人乖乖跟著大爺就可以了！」五色雞頭呸了聲，搭著我繼續說道：「特別是那條參，很怪。」

說到怪，這仁兄也不遑多讓啊。

我看著常常讓我生死一瞬間的怪人，開始思考自己究竟是不是有被虐傾向，居然能夠和他這樣往來一整年。

「那條參刻意隱藏他的力量，你不會沒發現吧？」五色雞頭挑起眉。

不，我發現了，光是他像台推土機一樣，還可以在綠海灣地底鑽出密道，我就已經猜到他的力量肯定不低。先別說那個撞擊力，我相信綠海灣本身肯定也有一大堆雜七雜八術法在鞏固整個城鎮，好補學弟能夠穿過那些法術一路挖地道回來，本身就是一件不對勁的事情，更別說還沒任何人發現。

光是這點，我就可以確定他的力量不像我所見那樣。只是我不確定他是真的故意隱藏，還是白目不會用，畢竟他好像是近期才被拔到人世間，不太會用那種發票對獎來的力量也算情有可原。

「算了算了，越說越煩。」五色雞頭立刻放棄討論好補學弟的話題，然後興致勃勃地說：「大爺忍很久了，身為大爺的僕人，你應該知道人生在世三件事，忠義、忠義、忠義！」

「那是一件事，你最近看《飛龍在天》嗎？」聽說重播有陣子了。

「漾~你是不是腦子被換過？」五色雞頭瞇起眼睛。

真巧，稍早我也覺得你整隻被湖水女神換過。

「所以你想告訴我什麼啊？」繼續讓他扯下去可能我們兩個都會被湖水女神換掉，我乾脆一秒奔重點。

說到重點，五色雞頭立刻神祕兮兮地把我拽去一邊。「大爺發現好玩的，在那條商道上。」

「商道？你說疾風他們帶我們經過的那條對吧？」果然，我就知道問題可能出在那邊。

五色雞頭如我所料地點頭，「那裡面有切割空間，不知道誰放的。大爺仔細檢查過了，有點意思，本來想要帶你這僕人去見識見識世面，沒想到昨晚那條看門狗堵在那邊，要不是看在你面子上，大爺就滅了他！」一說到被哈維恩攔止這件事，他就有點氣。

「切割空間？有危險嗎？」看來當時五色雞頭不全然是純粹無腦脫離人生道路，他八成發現什麼，就這樣樂奔了。

接著我看到五色雞頭笑得很猥褻，嘿嘿嘿嘿嘿的，就是一臉「不告訴你、等你親眼去看看再崇拜本大爺」的露骨表情。

「反正暫時丟著也沒關係，大爺做好記號，等甩掉這票地瓜串，大爺帶你去搶頭香！」五色雞頭用著他很夠意思的豪爽語氣跟我說，接著拍拍我的腦袋，「安啦，絕對是好東西！大爺也只聽臭老頭他們講過。」

不知道為什麼，我越來越害怕了，直接被一秒推出去揍死和不知期限的無法預料死法，我覺得當下被打死好像好一點，至少不用一直擔心受怕。

「等等，我們還是……」正想叫他和夏碎學長討論一下這件事時，船突然震動了，似乎船底碰撞到什麼，我連忙抓住邊上的欄杆才沒被晃倒。

還沒站穩看看發生什麼事，我的頭突然被往下一壓，接著一旁的五色雞頭借力飛越出去，同瞬間，巨大爆裂聲響從我正前方傳來，加上噴炸的火熱氣浪鋪天蓋地地覆上來。

如果不是米納斯和老頭公立即加強所有防護，我可能會整個被燙熟掀出去。

等到煙爆過去，我才看清楚發生什麼事。

五色雞頭就站在不遠的護欄邊上，已是獸爪型態，很明顯剛才他應該是打掉了什麼才引起爆炸，他的爪子上還殘留奇怪的黑紅色黏稠液體。

「沒想到都挑小船了還是會被盯上啊。」

不知道什麼時候出現的薇莎站在我旁邊的欄杆上頭，我感覺到後頭有其他氣息，果然一回頭就看見哈維恩和氣鼓鼓的小亭。

「好不容易勸主人閉上眼睛休息的！」小亭生氣地直跳腳。

……夏碎學長之前休息都沒閉上眼睛嗎？

左右看一看，沒有好補學弟，不知道現在插到船上哪個地方去了。算了，先不管他，他可以好好保護自己。

重新把視線放回邊上，我看見逐漸回歸平靜的海面上出現了全身黑色的人，黑衣黑斗篷，完全看不出樣子，在遮蔽面目的斗篷帽上有個詭異的灰色眼睛印記，看著讓人有點不舒服。

「請站到後面。」哈維恩走上前，抽出了短刀。

我配合地往後退開，看這種組合，估計來襲者會被虐。

我代表裂川王來向您打個招呼。

才剛退了一步，突然聽見悶悶的聲音在我腦袋中響起，下意識地看向那個黑斗篷的人……

周圍其他人都沒有反應，肯定只有我被腦入侵。

如果未完整展現一次實力，您似乎不會將吾等的決心放在心上。

聽到這種話，我整個人寒毛直豎，腦袋突然響起了非常尖銳的不安警鈴，都還沒反應過來，我已拔腿往前衝出去。

「米納斯！」

甩出子彈，在水瀑的輔助衝力下瞬間來到五色雞頭身邊，用力抓住他一起往旁邊摔去。避開的那一秒，有種燃燒的熱度刺穿老頭公的結界、擦過我的手臂，接著轟然炸開。看見刺痛眼睛的白光時，有個東西往我眼前一擋，擋開可能發生的視覺傷害。反應過來才看見是雙大翅膀，用力地包裹住我們，隔離來不及閃避的攻擊。

「漾~說幾次不要衝出來，很容易掛的。」五色雞頭打開翅膀，嘖了聲。

我才想回嘴，就看見他收回去的翅膀上有傷口，只好乖乖閉嘴，接著哈維恩出現在我們身邊，布下大量保護法術，還露出自責的表情。

「高階術士呢。」薇莎仍留在原地，瞇起眼睛，「黑暗同盟派這麼強的術士有何指教？」

同樣完全沒動過半分的斗篷人抬起手，袖口中出現的是非常乾枯的手腕與手指，在無名指與小指上分別戴了一枚黑色戒指，上頭有某種圖紋。斗篷人指向薇莎，森幽幽的語氣好像是從另外一個世界傳來，「殺。」

我將殺你身邊三人，讓你明白唯有裂川王才是眞正的力量。

「住——」

我還沒來得及喊出聲，斗篷人已彈動手指。

「霖、羽、凝，星雪與霰，八路龍詔使，啓口降霖。」

數張白符急速射出，團團包圍住斗篷人，瞬間凝結整片海域，空中開始飄下冰冷的水氣，氣流中隱隱約約凝聚著某種嚴寒的力量，一摸手指便覺有點結冰，這同時也冰凍了所有差點炸出的襲擊。

夏碎學長緩緩走到甲板上，右手掌心還浮著正散發淡淡銀光的符紙。

差不多同一時間，斗篷人腳下也浮現一層深藍色的大陣法，取代並破壞對方原本的術法，站在其後的是無聲無息出現的鯨。接著我們的船前展開了黑色大陣，帶著強烈的黑暗攻擊氣息，是屬於哈維恩的法術。

「小亭。」夏碎學長沒有唸出決定性的攻擊字眼，只說了兩個字；小亭喔了聲，立刻蹦上欄杆，跳出去吃掉所有被凍住的攻擊法術。

「雖然不知道黑暗同盟幹嘛找我們麻煩，但把你揍得鼻青臉腫回去應該剛好吧。」薇莎露出爽朗的笑容，「我和鯨混到今天也不是什麼都不會喔。」

斗篷人還沒做點什麼，薇莎突然出現在他面前，速度快得連我都吃了一驚，完全沒看見她的動作；接著薇莎眞的一拳往斗篷人臉上揍下去，力量之大，把對方打得穿透了鯨的陣法飛出去。

被揍飛的斗篷人摔在凝結的冰面上翻滾幾圈，好不容易才搖搖晃晃地站起身，都還沒站穩，薇莎又突然出現在他面前，徹底把人痛毆了一頓。

可能被打得受不了了，斗篷人在第三次飛出去後，整個人消失在空氣中，直接逃逸。

薇莎哼了聲，跳回船上，幾人才各自解除自己的陣法。

「妳怎麼把人打跑了！大爺還要嚴刑拷問！」五色雞頭收回獸爪，拽著我跳回船上大抱怨。

「囉嗦，那種階級的人才拷不出什麼蛋，跟他浪費什麼時間。」說著，薇莎攤開手一抖，突然掉下很多東西，看起來並不是她的，除了一個錢袋以外，還有好幾樣大大小小的用品，包括一些黑色的四方形符咒，以及我看不出用途的小東西。

「妳這小偷。」五色雞頭挑起眉。

「好說好說，我兼職時偶爾會幹一下盜賊的。」薇莎嘿嘿嘿地笑著，「我的特技是可以連儲物空間都偷，很常搜到好東西。」

一邊揍人一邊偷東西也太可怕，根本身心都造成創傷！

「看來他似乎打算下殺手。」夏碎學長蹲下檢視那些物品，表情有些嚴肅，「這裡有些是殺戮術法的媒介。」

「怪了，我們沒和黑暗同盟有過節啊……應該沒吧？」薇莎歪頭看著自家夥伴，走過來的鯨搖搖頭，不知道是沒有還是不知道的意思。

我連忙把剛才在腦袋裡聽到的聲音告訴大家。

「……裂川王嗎？」夏碎學長看著那些東西，思考了起來。

「哼哼哼，這樣就想殺本大爺，下次來本大爺就把他反殺！」五色雞頭鄙視地吐口水。

轉頭看到現在還沒吭聲的哈維恩，他還是有點自責，大概是剛才我衝出去時他沒反應過來，才想講幾句讓他釋懷，他就先走過來開口：「請允許我追擊敵人，將其斃亡，洗刷方才的恥辱。」

一秒升級擊斃嗎！

「否決。」我冷酷無情地駁回他充滿希望的請求。

哈維恩眼神黯然了。

我感覺到手臂有點刺痛，摸了一下，果然流了不少血，現在一放鬆整個開始痛起來。哈維恩注意到我的動作，立刻走過來處理，我就隨他去了。

「黑暗同盟衝著你們來幹嘛啊？」薇莎不太清楚我們這裡的狀況，疑惑地看看夏碎學長，又看看我，「你們兩個好像是隊伍中心，有什麼我們得知道的事嗎？如果不方便說也沒關係。」

誰是隊伍中心！

我在內心翻了一下白眼。

「我們與黑暗同盟沒有交集，但他們想要我們身上某些物品，已經對我們襲擊了幾次。」夏碎學長說得很簡略，模糊了黑暗同盟的目標是我這件事，不過不知道爲什麼，他也沒說他們想要芬尼爾幣這事，「因此波及到兩位，請讓我致上歉意。」

「沒事沒事，這樣講我就懂了，就是想搶東西嘛！」薇莎揮揮手，很豪邁地說：「朋友的敵人就是我們的敵人，下次再來我就繼續揍，最討厭這種想要硬搶的混帳了，什麼裂川王，早晚揍得他變成裂嘴王八蛋。」

看著夏碎學長，我有點想說什麼，但在他眼神示意下，我沉默了。

「說起來，方才鯨先生用的是古代水族特有的術法吧。」夏碎學長語氣一轉，有些興致勃勃地發問。

「你居然看得出來，果然是很精通術法的人。」薇莎也像遇到知音般，高興地猛點頭。

「您也是，使用的是虎族特有的古老術法對吧，所以能衝破法術限制。」夏碎學長迎上薇莎特閃亮的期待眼神，微笑地說著：「霸虎族雖然很少使用術法，但流傳的獨特法術都相當強硬，可以衝破各種法術箝制，並帶來巨大力量，近似於現代輔助體能的周身術。」

「答對了！好棒喔，很少年輕人會知道。」薇莎用力鼓掌，停下後便笑容滿面地朝同伴招招手，「既然你都看出來了，那我們就不兜圈子。再次自我介紹，我是霸虎一族的薇莎，鯨來自於幽海，我們皆爲古船後裔，現今爲海上異狀處置組織的一員，我們兩人是古沉船的專家。因爲我們這支後裔都是關門師傳的，所以會比較多古代法術，現代法術了解得比較少。」

他們的來歷果然被夏碎學長說對了。

我下意識看了夏碎學長一眼，他並沒有理我，而是相當禮貌地也自報了家門，同時介紹我們，但跳過我妖師的身分，只說我是與夜妖精相關的人類血脈。

話說開後，夏碎學長很誠實地告訴他們我們到這裡的目的——是來找幾名消失在綠海灣的夥伴，他合理猜測一行人已經被捲入海上的異狀。不過夏碎學長沒說破學長他們的身分，只大致提了是任務團夥。

「原來如此，那我明白了，你們也是必定得要解決這裡的事才行。」薇莎點點頭，「那我們合作沒衝突，安心了。」

「你們這趟沒經過官方允許吧？」哈維恩冷不防開口：「若是正式任務，應該不須雇用七葉的人，異狀處理組織本身就有各種輔佐人員；況且妳曾說過離開時不想引起注意這樣的話。」

哈維恩，你眞的有當偵探的潛能，下次發生命案應該介紹你過去實習，搞不好會得到意外的成就。

「……好吧，這趟的確是私事。」薇莎沒有迴避這近乎無禮的尖銳問題，率直地回答：「我們那邊可能還在挑選派遣，但無論如何，這件事一定得由我和鯨來處理。」她說得非常堅決，態度中隱約透出不容許他人插手的氣勢。

這種說法，我只想到一個可能性。

「你說你們是古船後裔，這些事是與你們祖先相關的，對吧。」古渡頭、鬼船什麼的，我也想不到第二種猜測了。

薇莎笑了笑，點頭。

「唯有這件事，我們不會讓給別人。」

※

夜晚來臨，我們已回到原本的海域上。

早上一陣談話之後，大家知道彼此的盤算和目的，重新奠定了合作基礎。

「現在是這樣的。哈維恩先抑止古渡頭的隱蔽術法，讓古渡頭那些殘術起不了作用，然後夏碎和鯨一起聯手壓制五返鏡陣，從上面切割出可以通過並進入到中心源頭的空隙。」薇莎提著燈，環顧所有人，「我和鯨會在五返鏡破裂時馬上衝進去，重設源頭所有術法，關閉五返鏡和平息四散的異狀。」

這計畫聽起來好像很順，但我覺得他們的討論似乎都沒有中間細節。

「剩下的人就各自發揮囉，突發狀況也見招拆招。」薇莎比了記拇指。

還眞的沒有細節啊喂！好隨便啊！

早上後一直悶悶不樂的哈維恩有點沒精神地看了我一眼，開口：「我會順利完成任務。」

看他這樣有點萎靡的狀態，我有種好像早上不讓他追上去屠殺斗篷男是我的錯的感覺。

「大爺怎麼覺得好像少了點什麼？」五色雞頭搭著我肩膀，左看看右看看，奇怪地咕噥。

說眞的，我也覺得好像少了點什麼，但又說不上來。算了，現在應該把全副精神放在綠海灣的異狀上，雖然不知道能幫上什麼，不過就……見招拆招吧。

眞的好隨便啊我說。

確定了大方向後，哈維恩便先準備離船。

「小心點。」雖然他說得很有把握，但我仍滿擔心的，畢竟是衝擊古代白精靈殘留下來的法術，如果沒弄好，不曉得會不會對哈維恩造成影響。

「如果您眞的很介意，可以對我下命令，例如保證安全歸來。」有任務M屬性的黑小雞深情地望著我。

我是你要上戰場之前在火車邊揮手帕的女朋友嗎？

「再見。」面無表情地送了兩個字過去。

哈維恩憂傷地出發了。

不用多久，我們感覺到古渡頭方向傳來輕微的震盪，空氣中好像有什麼氣息急速下降，原本被遮蔽的強大力量感開始一點一滴逐漸顯露。

正在附近對峙的兩方戰船也察覺到異樣的力量，停下所有動靜。

海面上開始浮現陣法，先是一個、兩個，接著急速增加，各式各樣法陣層層疊疊冒了出來，整片海面幾乎被塞滿，密密麻麻的四處都是，數都數不清。

我大致上可以分辨出幾個比較簡單的基本陣法，但其餘的根本看都沒看過，只可以判定全都很厲害。綠海灣戰船和海盜對陣的這段時間，肯定用了各式各樣的術法，現在這些就像被博物館收存般地凝固在海中，隨時會釋放出來準備隨機襲擊。

「這些都是五返鏡複製造成的混亂術法，比我們預估的還要多上很多。」大概也沒想到會是這種出乎意料的數量，夏碎學長苦笑了下，「那麼我們動手吧。」

說著，他和鯨走上空中，站到了左右兩邊，腳下綻出各自的術法。

待機在一邊的五色雞頭張開獸爪，和小亭、薇莎高度警戒周圍。

夏碎學長抬起右手，在他手上出現了淡淡紫色光芒，而鯨抬起相應的左手，轉出藍色的光，兩人同步吟出咒語。

下午時，我看他們研究了好一段時間，討論彼此的術法，臨時找出一個契合點。現在看著居然完全沒有破綻之處，好像已經合作過無數次般無比熟稔。

很快地，海面上畫出雙色交織的法陣，完成的同時，海下似乎起了反應，自深海處開始發出一連串奇異共鳴，海水強烈波動起來。如果不是事先做好各種準備，我們的小船可能會瞬間被沖得很遠，不過因為已經有所防備，所以還穩穩地在原地完全不動。

海中的共鳴漸漸轉為很像鈴鐺的聲音。

「差不多了，你們也小心點。」看見海面被撕出發光裂口時，薇莎握了握拳，身體繃緊，「周圍可不少來圍觀的傢伙。」

被她這麼一說，我才驚覺四周好像真的出現淡淡的異樣感，用肉眼看，一段距離外的海域似乎有些影子，但卻察覺不到氣息，八成全都隱藏了。

也對，弄出這麼大的動靜，沒人來觀望才有鬼。

就在裂口射出一道鮮紅色的亮光時，抓準時機的薇莎眨眼出現在裂口上，同時跳到該處的鯨揮動了下手，兩人一起消失在亮光之中。

海面再度震動了下，大量海水像是受到什麼驚嚇，猛然向上掀出好幾道大浪。

見狀，夏碎學長抽出符紙，似乎打算獨自穩定漸漸變得不安定的海域。

好像所有事情都算好集中在這個時間點爆發，我早上被擦傷的手突然痛了起來，帶著劇烈的灼熱感。

邊上的五色雞頭突然臉色大變，罵了一句大概是髒話的話，整個人暴衝出去，後面還跟著變成金眼烏鴉的小亭。

細微像針般的火光突破所有保護法術，擦過夏碎學長身側，在離他很近的地方炸開，將他整個人逼退了好幾步。穩住腳步順勢轉過身，夏碎學長甩出黑鞭，打偏隨即而來的幾道針光，被擊飛的紅光在各處不同位置引爆。

原本要在第一時間趕上去護衛的五色雞頭和金眼烏鴉明顯也被那種紅光糾纏住，兩人身邊炸出不少火焰，困住他們的步伐。

我握住米納斯，毫不猶豫地連發幾槍，但都幫不上什麼忙，好像早算準我們會保護夏碎學長的行動，那些紅光各自炸開後，竟然拉出一層詭異的球狀陣法，將夏碎學長連同淡紫色術法往裡面包捲起來。

我說過了，只有流血你才能明白裂川王的力量。

這個世界，你應該要理解我們才是你們唯一的同盟。

一股怒火打從我心底爆開。

這次斗篷人學乖了，只有聲音傳來，影子完全沒露出半分。

「米納斯，二檔。」我改變了米納斯的型態，取出黑色子彈，一股力量從我指尖竄出來，纏繞上那發子彈，覆上連我都說不出來是什麼的詭異光澤。

我只想解除夏碎學長的危機，還有排除掉憤怒。

紅光再次射出時，我正要扣下扳機，突然有東西從空氣中射出，叮的聲擊歪了我的槍頭，幾道破風的聲音穿透紅光，將邪惡的殺戮法術打得潰散。

仔細一看，擦過我槍枝、迫使我停下動作的是超眼熟的箭，急速射來的箭矢穩穩釘在船板上，尾端還微微地晃動。

幾乎要包裹住夏碎學長的光球整個裂開。

然後，夏碎學長身後空間斜切開來，有人自那裡頭伸出手，穩穩地攙住氣息變得不穩的夏碎學長。

「我說，敢對我哥動手的，就全部去死。」

陰冷聲音傳來的同時，就在我們不遠處發出一個悶響，隱身的斗篷男被砍開半個身體，從高空掉落，直直地摔進海裡，被大浪所吞噬。

出現在他身後的萊恩，甩去長刀上的血珠。

照理來說看見救兵應該要很開心的。

說真的，私心是很開心，但另外那半還是恐懼的，會被揍死的可能讓我一時五味雜陳。

本來扶住夏碎學長的千冬歲散去手上的弓箭，二話不說開了幾個法術，迅速穩定被打亂的紫光和海面，接著無視夏碎學長的意願，兩手一用力把人橫抱起來跳到我們的船上。擺脫掉紅光的五色雞頭和金眼烏鴉也趕回來，烏鴉一上船就變成小亭的樣子，匆匆忙忙地跑來。

「千冬歲，先放我下來。」夏碎學長按著千冬歲的肩膀，難得露出尷尬神情。

這時候夏碎學長的表情就不像之前微笑般看不出在想什麼，反而有些生動，他大概沒想到會被他弟用這種方式拉出戰線。

「剛才你不是勉強自己控術嗎，站都站不穩了，別想。」千冬歲毫不遮掩自己的不爽，語氣、態度超級強硬，「要不是我們趕到，你還想把自己累成什麼樣子！」

「也不是你想的那樣，這在我的預計範圍。」夏碎學長勾起微笑，表示對方反應過度。

「你預計範圍都是勉強啦！」千冬歲一點也不吃對方安撫那套，怒氣騰騰，「看看你把自己搞成什麼樣子，醫療班不是說你不能動用大型法術也不能劇烈運動嗎？會讓身體吃不消，你知道你身體吃不消就會讓被抑制的那些毒素又有機會傷害你，這樣就更難好起來！明明都已經休養得不用再天天住醫療班，你是想讓自己真的以後都只能待醫療班出不來嗎！」

我完全看得出千冬歲已經氣壞了，所以屁也不敢放一個地乖乖站在旁邊當裝飾；五色雞頭八成也覺得周遭充滿了兄弟殺氣，所以罕見地沒先去找千冬歲對槓。

小亭在一邊抓住夏碎學長的手，好像想說點什麼，但接收到千冬歲凶狠的瞪視，她只能不服氣地瞪回去，然後更緊地抓著夏碎學長。

「我沒事，真的沒事。」夏碎學長嘆了口氣，「先讓我下來，壓制五返鏡的術法不能中斷，法術回彈，裡面的人會有危險。」

千冬歲看了看開始有點不穩的雙色術法，很快轉回視線，「前面都已經做好了，這程度的控術我還能處理，我接手，你不准碰。」

「你總不能抱著我控術吧。」夏碎學長無奈地苦笑。

千冬歲瞇起眼睛，往小亭一個凶瞪；小亭好像被什麼咬到一樣往後跳了下，接著很快跑

開，再回來時已經拉著一把椅子，椅子上還有軟墊。

千冬歲小心翼翼地把夏碎學長放到椅子上，左看右看，暫時算是滿意了，「我去處理那些東西……你別再逃走，有什麼話待會兒說。」說著這話的同時，他臉上浮現無奈和焦慮，好像怕一轉頭又被夏碎學長放鴿子。

夏碎學長點點頭，有些安撫地勾著笑，「那就麻煩你了。」

千冬歲咕噥了幾句說什麼麻煩，接著轉身往船外走。

我身邊被一擦，赫然發現萊恩走出來，太久沒被嚇到所以真的把我嚇了一大跳。

萊恩看了我一眼，往我肩頭一拍。

「平安就好。」

說完，他很快跟上千冬歲的步伐，兩人一前一後來到夏碎學長張好的法陣中，迅速把所有波浪穩定住。

我摸摸肩膀，發現心中的那股怒火不知道什麼時候已經完全消散。

「漾～」五色雞頭靠過來。

「我也沒事。」搶在他開口之前，我很快說道。雖然不曉得他剛才有沒有發現我的異樣，但我希望他不要發現。

五色雞頭盯著我幾秒，還眞的就這樣沒說話了。

千冬歲接手後，我發現船的四周圍繞了不少穿著雪野家制服的人，徹底守護著船隻。另外，我剛才就注意到了，千冬歲和萊恩並沒有穿袍級衣服，而是穿著便服，他們不是以公會身分過來，而是個人來到這邊。

雪野家介入後，原本在遠處窺探的某些存在好像減少了，影子沒有剛才那麼多，可能有一些看沒機會插手就這樣放棄離開。

「沒想到千冬歲會把雪野家的『蒼』帶出來。」夏碎學長看看陣仗，有些感慨。

「蒼？」好像沒我們的事了，我也跟著進入閒聊模式。

「下一任當家擁有的直屬精銳部隊，實力皆能比擬前線袍級，在少主誕生的那一刻起，這支隊伍同時開始培養。現任當家的是『空』，全都是能夠隨時捨棄性命的死士，千冬歲其實不太喜歡動用家族安排的事物，特別是『蒼』。」夏碎學長望著高空中的身影，說道：「看來這次確實把他逼急了……」

根本逼瘋了。

我看著似乎沒什麼反省意思的夏碎學長，默默在心中猜想等等他會不會被千冬歲揍。

不對，搞不好千冬歲要揍的是我或五色雞頭！

「四眼田雞氣得不是普通小啊。」五色雞頭晃過來，跟著開啓聊天模式，還少見地說人話。

夏碎學長偏頭思考一會，抬起頭看我們，語氣很正經地說：「要不，趁現在逃吧？」

「夏碎學長，你想讓大家都被五馬分屍嗎？」我語氣平板地看著又浮出頑劣狀態的傢伙。這一逃，那個精銳部隊會在瞬間把我們這些同謀砍掉啊喂！

頑劣分子又是溫和一笑，好像他剛才完全沒說過會讓千冬歲大暴走的話。

把視線轉向空中正在專心控制術法的千冬歲。

總覺得，我好像可以開始理解他的辛苦了。

第六話　始作俑者

時間又過了一會兒。

不知道是因爲薇莎他們，或是外面抑制術法的關係，海面下那些堆積得亂七八糟的各式術法好像開始陸續減少，混亂的各種力量感也稍退了些。

這期間，那些戰船和海盜船一動也不動，可能忌憚這邊的各種法術，所以全都按兵等著。

沒多久，上方的千冬歲和萊恩抽出幾柄刀固定在雙色陣上，重新返回甲板。

「第一階該差不多就是這樣了。」千冬歲吁了口氣，接著走到夏碎學長邊上，不免又抱怨幾句：「你竟然想用這種身體撐大術，你……唉……」

「歲，你不是很擔心你哥？」萊恩收起長刀，在旁邊開口。

「我很擔心啊！還有漾漾，你也眞是的！你不是也不太能離開學校嗎！」千冬歲話鋒一轉，突然就往我這邊釘過來，「說也不說就這樣跑掉，有沒有想過會對自己造成什麼影響，沒有好好想的話也應該想想身邊朋友會多擔心，你知道喵喵一直喊著不能讓你這樣亂跑嗎，喵喵覺得你很可能會曝屍荒野還得不到援救，就這樣自己很孤單地在某個坑裡死掉！就算你沒想到我們這些朋友，你也應該想想你的家人！」

喵喵，在妳心中我到底是什麼樣子呢？

我眼神死地接受碎碎唸砲轟，然後在心中默默覺得這比被揍好很多，千冬歲揍人肯定不得了，還是乖乖被唸一頓，雖然他說得我好像是要去哪裡自殺一樣。

不過看來千冬歲仍有顧慮到術法，並沒有我想像的那樣開始算總帳，講了幾句就停下來。

「現在狀況如何呢？」夏碎學長等到空隙才開口詢問。

「我先將海下那些東西固定在原處，有一些可以散掉的就散掉，以免那堆礙事的一直想發作。」千冬歲一邊說，一邊上下左右檢查他哥，好像想看看有沒有缺毛，「『蒼』們會處理那些外溢的東西，你就不要擔心太多，我這次帶的都是擅長術法的人手。」

看來海下那些混亂術法會減少，有一部分原因是千冬歲他們。

大概是沒檢查到什麼，千冬歲終於站直身體，沒好氣地繼續說道：「談之谷妨礙我們的調查，我就讓人特別留意綠海灣這裡，反正你們會去的也就那幾處。收到消息說你們轉往海上，我想你們肯定是要衝破異變尋找冰炎殿下等人，發現紅龍王的氣息後更加確定，急忙調來『蒼』協助，稍微花了點時間，否則應該昨晚就能攔截你們。」

大概是有點氣自己錯過時間，千冬歲兩手緊握成拳。

夏碎學長靜靜地看了千冬歲幾秒，開口：「我不會回去，尤其是現在。」

「……」千冬歲瞇起眼睛，我還以爲他會暴走，但他抓抓頭，露出有點不甘心的表情，「那是不是只要確認冰炎殿下他們安全，你就可以放心？」

「是。」夏碎學長也很直接地回答。

「歲。」萊恩拍了下自己的搭檔。

「我知道，我沒生氣。」千冬歲嘖了聲，然後轉回夏碎學長：「我知道冰炎殿下的存在對你而言很特別，但我不想眼睜睜看你每次都這樣對待自己，讓我幫你好嗎？但是把事情做完，你就一定得和我回去。」

夏碎學長沒有立刻回答，應該說他看起來有點遲疑。這讓我覺得不太對勁，因爲我也認爲在確定學長安全之後，夏碎學長是該回醫療班的，但是現在看起來顯然不是這麼回事。

他還想幹嘛？

「哥？」千冬歲也發現對方的猶豫，有點不解地喊了聲。

「這件事，晚一些我再告訴你。」夏碎學長突然抬起頭，看向另外方向，「你有讓『蒼』去古渡口那邊嗎？」

「有，撥了一小組人過去古渡口，我有讓他們帶信物，不會和那個夜妖精起衝突。」千冬歲點點頭。

信物？

哈維恩有什麼信物？

我狐疑地看著千冬歲，旁邊的萊恩開口爲我解惑，「我們離開學校時，歲拿了一些你們的私人用品，避免發生這種狀況。」

……是拿了什麼我的私人用品。

感覺問下去好像有點可怕，而且千冬歲還一臉沒打算解釋這些小事的意思。

「古渡口那邊的抑制出問題了。」夏碎學長很快站起身，千冬歲連忙伸手想扶住他，但被婉拒，「褚，你和……」

夏碎學長的話還沒說完，海面上再次傳來震動，似乎有什麼強大力量掀動整片海面亂七八糟的術法，整艘船跟著劇烈搖晃，但很快就被周圍雪野家的小隊給穩住。

一直在看戲的五色雞頭跳起來，站到船桅上，瞇起眼睛盯著海面。

幾乎同時，原先運轉得好好的雙色法陣突然將上頭的長短刀彈開，瞬間翻轉成詭異的黑紅色。

夏碎學長和千冬歲同時伸出手，兩人手上各自竄出某種形體，急速向上飛去，再次鎮壓、穩定雙色陣法，強硬地轉回原本色彩。而翻回的陣法上浮出了黑紅色氣體，兩秒後散化至空氣中，被完全驅除乾淨。

「歲，剛才那個人的氣息又出現了。」進入戰鬥狀態的萊恩握著雙刀，和五色雞頭凝視著相同方向的海面。

「你剛剛沒有下手嗎？」千冬歲收回手，拉出長弓。

「有。」

萊恩扔下這個字，瞬間衝出船外，帶著火焰的雙刀在空氣中舞動，接著砍開往我們這邊襲來的黑影。

這次我也很清楚看見那個再次跳出來的斗篷男又被斬成兩半，但他竟然好像沒事一樣，飛開之後，又慢慢黏合起來，連一滴血都沒有流出來。

「高階黑術師。」夏碎學長看著雪野家精銳動作一致地包圍上去，說道：「他可能先將自己覆蓋死亡法術，一時之間殺不了他，我們這裡沒有精靈術士，繼續下去只會消耗力量，暫時先想辦法迴避。」

說完，夏碎學長和千冬歲不約而同看了下已經重新合起的五返鏡裂縫。

「試看看了。」千冬歲朝外面的小隊伍喊了幾句話，那些雪野家的人突然換了隊伍排序，強硬地拉擋下斗篷男。「萊恩！」

萊恩砍下斗篷男的腦袋，在對方下一次黏合之前回到我們船上。不用千冬歲開口，他轉換了手上的兵器，出現與千冬歲成對的破界刀。

空間被砍開時，我看見在裂縫的那一端出現另外一個風平浪靜、和這邊極為相似的海域。船隻正要穿過裂縫，火燒的灼痛又從我手臂上傳來。

「歲！」一旁萊恩突然喊了聲，甩出長刀劈開千冬歲兩人面前迸出的紅光。同時，五色雞頭和小亭那邊也各自都有擋避攻擊的動作。

那個斗篷男不是被雪野家的人纏住嗎？

我按著手，有些愣然地往後退了幾步，一股刺痛感自我後腦傳來，反射性轉過身，另一個一模一樣的黑色身影自然而然地映入我的眼裡。

靠！斗篷男有兩個啊！

手裡的槍還來不及發射，我眼睜睜看著第二名斗篷男抬起手，無數紅色光點在他手上凝聚。

下一秒，事態直接朝我完全預料不到的方向發展。

超大白貓從天而降，砰的聲氣勢萬千地直接把斗篷男踩進海裡。

貓王發出勝利的喵～一聲，跳起縱身往我們的小船衝撞，重力加速度讓小船整個飆起來，瞬間穿過裂縫。

「千冬歲！關門關門！」

從貓王身上蹦下我再熟悉不過的影子。

於是，這次我眞的眼神死了。

※

小船穿過裂縫之後，空間重新被關起。

風平浪靜的海上，只剩我們一艘船靜靜地停在水面。

還有船上一干豬頭。

「太好了，喵喵還以爲趕不上了呢！」穿著可愛便服的喵喵握緊拳頭，做了個安全抵達的勝利手勢，已經縮小的貓王跟著喵了聲。

我按著額頭，開始在想等等應該不會也看見班長他們吧？感覺有點可怕。

「萊恩，沒事吧？」千冬歲的問句把我從莫名的悲痛中拉回神，他正在檢查萊恩肩膀上的傷口，貌似剛才萊恩先保護他們時，自己被紅光貫穿了肩膀。

「喵喵幫你看看。」連忙靠到友人邊上，喵喵很盡責地發揮醫療班的本事，沒多久就把萊恩肩膀上的傷口治療到一點疤都沒留下來。

「你們這些傢伙怎麼一個接一個冒出來啊。」蹲在欄杆上的五色雞頭白眼越來越多的同班同學。

「難道只有你能來嗎！喵喵也很擔心大家啊！」喵喵咧嘴回去，不過還是很好心地跑上去幫五色雞頭治療；五色雞頭也沒甩開她，乖乖地接受醫治。

「慢著，不是讓妳在學校等消息嗎？」千冬歲對於喵喵出現在這裡也很驚訝。

「唔，喵喵也擔心千冬歲和萊恩，還有漾漾，眞怕你們受傷沒人照顧，所以想來想去，就循著連繫趕快跟來了！」喵喵笑容燦爛地看著我們，「而且你們出門，學校就變無聊了，找碴的人都不來了，沒人可以打。」

妳後面這段才是眞心話吧。

「你們這樣全部都跑出來，學校沒關係嗎？」我很擔心他們集體蹺課的問題，反正我是做好可能眞的要被當掉的打算，但是集體逃學又是另外一回事，搞不好會被師長記恨啊！

「漾漾你在說什麼啊，袍級被容許有一定的程度不用任何理由，就能不經報告短時間離校喔，要不然大家做任務出狀況怎麼辦呢。」結束療程的喵喵拍了我一下，笑得如同天使。

這一秒，我好像看見有三個袍級的箭頭指在我三位朋友腦袋上。

……覺得很想流血淚，爲什麼？

你們這些人考袍級的理由到底是不是想專門用來蹺課啊！

看著站在一邊的五色雞頭，我發現他才是我眞正的好友！人生就是該有這樣要死一起死的同伴，才不會覺得自己死得孤單啊！

「說起來，漾漾好像會被當耶。」喵喵殺人不見血地一刀捅過來，還笑容燦爛地捅，我瞬間感到自己從頭到腳都血肉模糊。

「回去之後，我們三個幫他寫袍級保證應該就可以了吧。」千冬歲拿出眼鏡掛在臉上，習慣性地推一下，發出讓我莫名安心的熟悉閃光。「編理由又不難。」

「對耶！那夏碎學長也可以幫忙列名喔！」喵喵拍了下手，很高興地說：「找到學長他們之後，漾漾你搞不好可以收集到五袍的證明喔！很少人可以拿五袍證明蹺課的！」

拿五袍證明蹺課是什麼鬼！

那聽起來好像很威的全色系收集不是這樣用的吧！

等等，說起來那時候加入遠征隊……欸不對，那時候可以和學長他們一起離開，好像也是因為隊裡有摔倒王子和阿斯利安。

「雖然很想說樂意協助。」夏碎學長微笑地開口：「但目前我在污點狀態，被通緝的袍級是無法列名證明的，處分結束之前都不被採用。」

我看了下夏碎學長，其實我剛心中就在奇怪如果袍級保證就不會被當，他幹嘛之前恐嚇我會被當，原來是他的保證不能用。

「嗯～那就只能問阿利學長了。」好像真的想弄個五袍證明的喵喵，一秒把壞主意打到根本下落不明的人身上。

「……還是先看看現在的狀況吧。」再讓他們歪下去，我覺得事情到晚上都解決不了。

現在我們所處的海面與剛才的海很相似，可以看見遠方那些城鎮的遠景，但看起來相當怪；除了所在的水面附近，所看見的其他景物感覺都假假的，一點生氣也沒有。就像畫布上的景物，漂亮卻不真實。

先前進入裂縫的薇莎他們也在這邊嗎？

「這只是幻影。」千冬歲環顧四周，「你們說那個五返鏡複製出來的景色之一。那個古代術法有好幾層，我們剛才切得太淺，沒有一口氣衝進中心，現在防禦八成更強了，得找條路進去，不然重複切割空間也會引起空間不穩。」

「外面無人控術，抑制法術很快會崩潰，五返鏡少了牽制就會變動得更厲害，這裡將會很危險，還是先找薇莎會合。」說著，夏碎學長張開手，一張白色符紙在他手中化爲鳥，迅速飛離。「『蒼』們沒問題吧？」

「嗯，我下過命令，要他們以自身安全爲優先，如果有危及生命的狀況，須立即撤離。」千冬歲點點頭，似乎很肯定雪野家的小隊會服從他的命令。

這麼說，好像我眞的應該要給哈維恩那個命令的……

想起哈維恩離開之前期望的表情，我浮起了一堆罪惡感。

他應該能確保自己安全吧？

在等待白鳥尋找薇莎的期間，千冬歲問了我整個狀況，我也如實地把出發後的事情都告訴他們，包括莫名其妙纏上來的黑暗同盟。

不知道是不是我想太多，但我怎麼覺得斗篷男後來有點針對夏碎學長？是因爲他發現夏碎學長身體狀況很不好，所以才故意要從弱的人先下殺手嗎？

這裂川王到底有什麼毛病，沒事就要殺人，把我身邊的人都殺掉我更不可能考慮去黑暗同盟好不好！這些人腦子到底有什麼問題！

「這麼說起來，你們要找的源頭應該就是條船了。」千冬歲支著下巴，看了看他哥，「會被人試圖開啓的古船，看來上面應該載有高價值的東西。但是我在來之前已經讀完綠海灣的資料，這裡過去並沒有沉過這種高價值船隻，唯一會引起覬覦的是被白精靈砍斷的污染與相關的事物。即使眞的有沒在記錄上的古船，也必定早被奇歐妖精取光了……有人會蠢得將一條古船拖到奇歐妖精的領地開動嗎？」

說不定還眞的有。

這世界的聰明和蠢不能用一般人的邏輯來定義。

我看著蹦出的三個友人，眞心誠懇地這麼覺得。

「會是黑暗同盟開的船嗎？」喵喵很有參與感地一起加入大推理。

不過她說的也很有可能，不然這裡好像找不到第二個凶手了。

「與其說是在綠海灣被開動，我認爲或許是在魔角峽被啓動。」夏碎學長接過小亭端來的茶水，微笑地說著。

「啊！沒錯！那個被隱藏在庇護裡的轉移陣法！」千冬歲擊了一下掌，露出恍然大悟的表情，「難怪會開得那麼大，把其他船都導過來，肯定是一開始用了那個陣法傳過來，問題在於陣法是始作俑者開的，或是被啓動的源頭本身的機制？我想也有可能船被驚醒後，發動了不少原始護船術法，陰錯陽差地連起綠海灣的古渡頭，就把船送到這裡，同時喚醒古渡頭發揮殘術庇護。」

「囉囉嗦嗦一堆幹嘛，拉出來，全輾掉就沒問題了！」五色雞頭完全不想動太多腦子在這些事情上面，白眼整桌的討論群。

「如果羅耶伊亞家都是你這種思維，應該早滅族了。」千冬歲沒好氣地一句鄙視過去。

「弱的傢伙才要動腦！大爺才不用像你們在那邊嘰嘰喳喳！」五色雞頭也噴回去。

「所以你也知道你不動腦嗎？」千冬歲冷笑。

「請兩位到此爲止吧。」夏碎學長微笑地打斷已經快要跳起來捉對廝殺的二人組，而且立刻見效，讓我有點感慨。

人家就是一句話平世間，我還得流血流汗……你們這些大小眼的渾蛋。

「可是古代已經廢棄的船會殘存這麼大的力量嗎？」短暫衝突告一段落，我小心翼翼地舉手，問出我的疑惑。

如果是白精靈的古渡頭就算了，和「精靈」兩個字有關係的事，似乎不論多誇張感覺都很合理。但已經沉沒許久的古代船隻會留有這種把魔角峽和綠海灣翻天覆地的超大力量嗎？

「有，大戰時還不少。戰後很多進入了封印或沉沒狀態，但船隻本身被附加的力量還在，有很多打撈者專門吸取這些力量加工販售，但打撈之前必須向公會或是海上處理組織申報。」

千冬歲非常肯定地點頭，「所以我覺得，按照這個規模與外逸的術法來看，被驚醒的絕對是一艘戰船，還是一艘名氣相當大的船。」

「猜對囉，你們腦袋很好嘛。」

我回過頭，看見薇莎和鯨落在甲板上，對著所有人勾起笑容。

「人變得真多啊。」

薇莎將停在手臂上的白鳥還給夏碎學長，然後在他和千冬歲相似的臉上停留兩秒，說道：「都是家人朋友？」

「同班同學。」我有點哀傷地回答。

同班同學就像拔番薯啊，一拔一大串。

「真好，你有這麼多擔心你的同學耶。」薇莎笑吟吟地開口：「到這地方很危險的，要好好珍惜你的朋友喔。」

「嗯……嗯嗯。」我連忙點頭。

然後幾個人稍微相互介紹了會兒，薇莎和喵喵好像很投緣，兩個人樂呵呵地講了不少話。

接著話題才又被帶回。

「兩位已經找到了嗎？」夏碎學長收回符紙，站起身。

「對啊，我也正想找你們進來，沒想到你們連船一起帶進來了。」薇莎邊說著，邊從自己的包裡取出一件東西，「你看看這是不是你們要找的人的東西？」

夏碎學長接過，臉色並沒有變，但我一看就吃驚了，那是一小綹頭髮，看顏色很像摔倒王子的……爲什麼會掉頭髮？應該不可能幾個人在裡面抓頭髮打架吧？

「還有這個。」說著，薇莎再度加碼，拿出一個飾品，確實就是摔倒王子之前掛在腦袋上的頭飾，這樣猛一看還眞有點綁架要贖金的感覺。「我們在古船附近找到的，但是船被大型法術包圍，無法解開，我猜可能是你們的人做的，只能回頭找你們，正好遇到夏碎的使者。」

我把東西接過來，小心翼翼地放進口袋，然後眞的開始擔心了。按照摔倒王子的高傲個性，應該不會讓人去弄掉他身上任何東西，又掉頭髮又掉頭飾，感覺有點可怕。

薇莎朝自家同伴說了幾句話，鯨便離開去啓動船隻，他們打算直接用術法把整艘小船送到那艘古船源頭已經設定好的接駁點。

「漾漾～我看看你的傷。」喵喵靠過來，拉住我的手。

解開包紮之後，我看見應該要被哈維恩治好的傷處有一個小小的紅色痕跡，難怪會痛。

「果然沒錯，剛剛萊恩身上也有，這種感應的小東西剛受傷不會出現，得等一段時間才會偷偷出來，所以有時候會被忽略。」喵喵邊說著，邊開始移除那道紅色的小痕跡，「漾漾要小心喔，萬一時間拉長的話，會被跟蹤很久。」

「嗯，謝謝。」我乖乖地看著痕跡消失，不知是不是我想太多，但我覺得喵喵幫我治療的時間有點長，而且感覺她用的術法和治療萊恩時不太一樣，不過結束之後我眞的輕鬆不少，所以大概是我多想。

「來，啊～」喵喵拿出一顆糖果。

我下意識張開嘴，很快地嘴巴裡馬上瀰漫一股花香味。

「這裡面有一些成分會排除對身體不好的毒素，所以大家都要吃喔。」說著，喵喵就蹦去餵萊恩，接著也往薇莎、千冬歲和夏碎學長嘴巴裡塞糖果，到五色雞頭時，五色雞頭劈手奪過來自己吃，超級不給美少女面子。

雖然美少女的心有點可怕就是。

拿著另外一顆糖，薇莎跑去要依樣畫葫蘆地餵她的同伴，沒多久我就聽見船頭那邊傳來「不要跑啊給我餵一下又不會死」的追逐聲。

不是我要說，氣氛這麼歡樂可以嗎？

剛剛不是說這裡面很危險嗎！

緊張氣氛啊喂！

一點都不緊張的萊恩甚至拿出飯糰盒開始野餐，就這樣默默地和空氣融爲一體，從眾人周邊淡出了。

看著那些吵吵鬧鬧的人，不知道爲什麼，雖然有點啼笑皆非，但那種緊繃、不安感好像也就這樣跟著鬆緩下來，稍微鬆口氣了。

我想，應該是我知道這些人都眞的是「我身邊的人」這樣的緣故吧。

「漾漾！漾漾！你看！這是特製的喔！」喵喵朝我揮手，就在這無比和樂的氣氛下，她突然非常自然地朝空中放了一記高空煙火，我完全沒反應過來，轟的一聲煙火爆炸了，在小船的上空炸得壯麗無比，火光斑爛璀璨。

……

……

剛才的話收回，全部當我沒說。

——你們在危險區域放什麼煙火啊啊啊啊啊啊啊啊啊！

※

「漾～你在出冷汗耶。」蹲在欄杆上的五色雞頭飄了一句過來。

我捂著胃，完全不知道現在是什麼狀況。

如果說人生會這樣胃痛到死，我應該已經離我阿嬤不遠了。

頂上的華麗煙火大概持續了幾十秒，最後還噴出火花瀑布，轟轟烈烈地消失在風中。

「眞漂亮。」喵喵發出夏日祭典上會有的讚歎。

「不錯啊，如果有點什麼吃的就好了。」甫回來的薇莎遺憾手上沒有可搭配的食物。

「這是小意思，雪野家祭典時更多，你們眞應該來看看。」完全不覺得哪裡不對的千冬歲推了下眼鏡，對這煙火不予置評。「各種特技煙火，吃的要多少有多少，而且還有祭神舞，每到冬祭時更多分家會帶著敬神的演奏到來，場面很大。」

「想看。」小亭眼睛閃亮亮地瞅著夏碎學長。「還有吃的，祭典有吃的，吃光光，通通吃光光。」

「等祭典時小亭再去看。」夏碎學長露出慈父般的微笑。

我說，你們正常一點，行嗎？

「還有一個耶，要一起放掉嗎。」喵喵拿出第二支砲管，幾乎和她手臂一樣長了，這麼大的東西你們也不怕放在空間裡爆炸啊。

「那是預備的吧？」千冬歲阻止喵喵再放煙火，「沒有特別需要就別浪費。」

「對啊，不過這裡不知道多大，喵喵怕放一個稀釋不乾淨。」喵喵歪頭想想，還是把砲管收下來，「那就等等到點再放吧。」

你們還要再放一次嗎！

不過聽他們的話，放煙火好像是有目的的——原來是正常運作嗎？爲什麼這些人的正常快把我搞得不正常了？

我的神經變得比之前更緊繃啊，超害怕他們突然又來個無法預料的行爲。

「褚，放輕鬆，這裡沒有敵人。」夏碎學長微笑地告訴我，「不會驚動什麼。」

沒有敵人就可以放煙火嗎？不是聽說有很多混亂術法？不會驚動那些術法嗎？

「漾漾不要怕，這只是放出去稀釋有害毒物的，特別應用在這種不知道範圍的異空間，可以省很多力氣。醫療班常常用！爲了滿足視覺效果，所以特地改得很漂亮，等揮發的時候就不會無聊了。」喵喵超級陽光地揮舞著砲管，「還有銀河版本的，最長的二十分鐘，被困很久的時候可以細細品味喔！」

醫療班，治好你們的腦袋行嗎？

不要把視覺效果用在這種地方啊！想想創造異空間的人的心啊！別在人家空間裡到處放煙火！

「也有無聲無息版本。」喵喵追加一句。

那妳幹嘛不帶無聲無息版本？

「好像快到了。」薇莎插進來一段好像路人A的話。

不過同時周遭氣氛突然一凜，本來吵吵鬧鬧的聲響瞬間靜止。萊恩不知什麼時候回到千冬歲旁邊，已經綁起頭髮，手上握著雙刀蓄勢待發。

小船穿過了某個空間，航進一片黑色海域。

除了空間全是黑色外，連海水也是黑的，非常深沉的黑，壓根看不出其他色彩。

接著黑暗的遠方有一道鵝黃色小小光芒。

在鯨的控船下，小船準確無比地往光芒靠近。

漸漸地，在黑暗中微光照映下，我們看見巨大的輪廓。彼端有艘非常大的船就停在黑色的海面上，靜寂無聲，幾乎看不出存在，只有那小小的光照出一小片船身。

雖然如此，但在靠近後，我很明顯地感覺到一股強大力量迎面壓迫而來，大船周邊有什麼阻擋我們靠近，硬生生將小船擋停在有段距離的位置。

鵝黃色小光來自一盞掛在船身上的燈，掛的地方有點不自然，是在側邊船腹上，好像有東西將燈釘在那裡。

看清楚釘上去的物體後，我整個人寒毛全部豎起來，好像被雷打到般完全動彈不得。

把燈釘在船腹上的工具是一根很長的銀針。

會用這種東西的，這輩子我沒見過第二個人。

周邊其他人肯定也和我想到同樣的人，我整個頭皮都被嚇得發麻，猛然聯想到這人搞不好就是始作俑者，如果是他，啓動古戰船什麼的根本不是難事。說不定他還做了很多手腳，讓船在綠海灣造成大騷動，然後此刻正在某個地方看著這場混亂，得意地勾起笑。

「剛才那些東西就是在這一帶撿到的。」薇莎有點不明白我們爲何集體沉默，打破僵冷的

氣氛說道：「這道隔絕術法很強，也很新，是現代法術。」

夏碎學長走到船邊，抬起手，一小點銀光展翅飛出去，碰上無形的防護壁後，濺起了一陣相同的銀光漣漪。

接著他又施放幾個小術法，銀色漣漪便出現火焰般的色彩，在空氣中擦出一絲火光。

然後他轉回過頭，開口：「沒錯，這是奇歐妖精特有的法術……我想應該是休狄殿下。」

「我來處理。」千冬歲搶快一步說。

「……也好，你就聽我的指示做吧，休狄殿下會爲我們留一道入口，只要不弄錯步驟，就不會造成危險。」夏碎學長沒有拒絕千冬歲的幫助，順勢地點點頭。

兩人就這樣解起了防護，我注意到薇莎聽得很認真，不知道什麼時候來到她身邊的鯨也很仔細地凝視著夏碎學長和千冬歲的一舉一動，將他們拆術的步驟牢牢記下。

其實我應該也得好好學習，但夏碎學長在趕時間，並不打算講解，讓千冬歲拆得很快，自然我也聽不懂。

沒等太久，黑暗的防禦壁就打開了一個正好可以容納小船通過的洞口。

穿過防禦壁，千冬歲彈了手指，周圍立即亮了起來，同時照亮海下的狀況——黑色的海水裡隱約有幾十具奇怪人體，看起來似乎不是鬼族，但不知道是什麼種族，總之就沉在水裡面，看不出所以然，密密麻麻的有點噁心。

船再往前一點，我眼尖地看到水裡有其他東西。

被某具人體拽在手裡的，是一塊紫袍的布料。

至此，我們幾乎確定學長他們最後的行蹤就是在這裡，即使不在船上，絕對也就在這裡！

按著口袋裡的頭飾，我覺得自己的手指有點抖。

隨即有人牽起我的手，一抬頭，看見喵喵溫柔且堅定的笑容。

「沒事的，大家都不會有事。」喵喵堅定無比地如此說道，「所以，我們一起上去將他們找出來吧。」

「……嗯。」

我點點頭。

我也相信大家不會有事。

第七話　戰牙幽鬼

古代戰船被完整地照亮了出來。

那是好像連直升機都可以穩穩停上去的大船規模，與在黑暗中看見的輪廓一樣巨大。光是在船外看，就覺得這船在全盛時期可能一次可以載運數百人，根本是一座移動小堡壘，讓我想起之前差點沉掉的郵輪，不過郵輪更大就是。

船隻流線弧度非常優美，船身閃耀著柔和的白銀流光，整體做得比現代的船還漂亮，許多細節處理得相當精緻，完全看不出銜接處，像是一體成形。

古代的造船技術有這麼好嗎？

船的材質看起來很奇怪，不是木材也不像金屬或晶礦，原色看起來應該是珍珠白，但上面流轉著著淡銀白流光……欸對了，看起來有點近似珠貝類、但又沒有那麼脆弱，甚至還有結實的厚度，看著就知道這船絕對禁得起航行中的各種挑戰。

摸上去有些涼，不過不會寒進骨子，是舒適的涼感。

光是這樣看著，還能夠感覺到剛才那股壓力，幸好我們這邊也加強了抵抗術法，才沒有會被壓跪的感覺。

「這是戰牙幽鬼。」

旁邊傳來千冬歲不可置信的吸氣聲，他死盯著船身上若隱若現的圖徽，看著好像是一個奇怪精靈的圖案。

說奇怪是因爲看起來不太像我認知的精靈，也不是一般船隻會使用的那種海妖形象，就像是個妖精的模樣，不過卻又有精靈的特徵；圖案上的精靈手持彎刀，雖然看得不太清楚，但給人剽悍的威嚴感。

我都還沒發問，千冬歲已從震驚回過神，態度也變得有點驚喜地爲我們介紹：「戰牙幽鬼是古代非常有名的黑精靈戰船！你們看看這個船體材質和力量，是龍神鱗，肯定是輝月龍神千年蛻甲時取得的。輝月龍神是六界外的存在之一，和紅龍王相似，一般種族根本拿不到這些，更別說還將所有鱗甲打造成這種完美的船……太厲害了，可惜戰牙幽鬼的造船師沒有留下名字或種族。」

「對了，雖然說是黑精靈戰船，不過那是第一代擁有者兼船長是黑精靈，當時他帶著大量黑精靈馳騁在大海上，訪遍各處太古諸神時代的遺跡與土地，幾乎踏足整個世界；後來黑精靈離開，這艘船交給二代船長——戰牙幽鬼歷代船長都是赫赫有名的人物，而且掌舵戰牙幽鬼的人從來沒有吃過敗仗，連種族戰爭都沒輸過，創下劃時代不可抹滅的紀錄……竟然……」

千冬歲的興奮程度已經讓他有點說不出話了，讓我一秒知道這艘船來頭眞的很大，竟然可以讓千冬歲驚喜成這樣，他這反應根本是恨不得把船拉回去雪野家徹徹底底地研究。

「那傢伙」到底是從哪裡把這艘戰船挖出來的？

「戰牙幽鬼經歷七代船長之後，有一天突然消失在世界上。」相較之下，冷靜許多的夏碎學長沉思了片刻，「沒人知道爲什麼。」

他說著這話時看著薇莎和鯨，後者回以笑容，似乎不打算開口解釋，只說道：「當前最要緊的應該是先把船恢復，然後幾位快去找到自己的夥伴吧？」

「對啊，我們先去找學長吧。」喵喵連忙打圓場，「只要找到學長他們，很多事情就會知道啦！」

喵喵這話也沒有錯，學長他們會千里迢迢從燄之谷折返，又來到這艘古戰船，必定有他們的原因，只要找到他們，說不定就會知道薇莎他們沒有開口的事。所以當下大家立刻登船找人、找線索。

「剛才解陣時，我察覺幾處有休狄殿下的法術蹤跡，就分兩路進行搜尋吧。」夏碎學長攤開掌心，上頭浮現兩個相互打轉的淡紫色小光球。「一組取一個，這會指引我們到術法發生點。」

「我要和我哥一組。」千冬歲秒說。

然後萊恩默默站到千冬歲那邊去。

這樣一來就很明顯了，我肯定得和喵喵、五色雞頭走了。

「褚。」將光球交給喵喵後，夏碎學長突然喊了我一聲，對我招手讓我過去，接著取出一些符紙放到我手上，「戰船內會有許多麻煩，盡量小心，如果應付不了便盡快退出來。」

「那個，尼羅有給我很多……」

「帶著。」

夏碎學長打斷我的話，態度堅決，我只好乖乖收下來。

幾個人大致又講了些登船之後必須留意的事與約定時間，接著在薇莎兩人幫助之下，我們從船腹的小門進入了古戰船。

雖說是古代戰船，不過真的踏入幽暗空間後，我才發現這艘船並不是我想像中那樣殘破到會把船板直接踩穿之類的狀況，非但不會穿，整艘船還異常堅固，除了長久未有人使用、稍微累積出的海垢外，幾乎看不出來是古代船隻，完全維持在隨時可以啟航的良好狀態，歲月的侵蝕似乎沒留下什麼痕跡。

一進入船艙內，千冬歲就大範圍點光，驅散船裡的黑暗，也給所有人照明出各自的路線。

內部走廊相當大，沒有以前我搭郵輪那種稍微有點縮擠的感覺，讓我懷疑他們是不是也有在裡頭裝置空間術法。

幾個人點點頭後，分頭往兩側離開。

打造船內的材料和外面一樣，是千冬歲口中的龍神鱗。這種銀白色的基底材質被漆上分隔不同區域的相應色彩，然後是各種雕塑、繪圖、裝飾，以及地毯和壁花。

這些裝飾樣式都很古老，繪圖方式與現代差異很大，如同先前我和其他人去遺跡所看到的那種，有些還很繁複；大部分都是歷史敘事圖，看著活像小歷史館走道。敘事圖多是航海畫面，應該是敘說這艘船在各地的冒險經驗和一場場戰役，還有他們所見的奇幻生物等等。

我在其中一面牆上看見這艘船在對抗好幾個巨人，那些巨人和船員比起來，個個都有幾十層樓高，巨人手上拿著刀棍，船員們手上也持握各種武器，海面上已經倒了兩個巨人，看起來這些巨人一死馬上就會硬化、潰散成很多像是寶石一樣的東西——有顆浮在水上的眼珠甚至變成了璀璨的超大型鑽石。

往前一看，這艘船似乎不是要刻意狩獵奇怪的寶石巨人，而是航行途中被攻擊。經過幾幅戰鬥圖後，巨人已全數被殲滅，變成大量閃爍寶石，殘餘未死的也全被驅逐離開。戰牙幽鬼載運這些寶藏，分批廣發給周圍所有村莊城鎮。看來已經受害很久的貧困村民們都露出笑容，把寶物用在重建住所之上。

只拿走少許寶物的船隻在一座大城買光所有的酒，把酒倒進海裡，與海神一起慶祝勝利。

「這是采巨人，喵喵在文獻上讀過，雖然死掉會分解成各種寶石，價值驚人，但很凶殘、很聰明，他們會合作抓捕獵物，而且速度很快、抗術法，幾乎不受法術影響，皮膚也很堅硬，兵器都打不穿。大概到三百年前都還看得到蹤跡，每年都有大型獵手團死在采巨人手上；能擊倒采巨人的人很少，采巨人也從不放過任何活口。」喵喵看著雕刻，有些驚歎，「戰牙幽鬼居然可以一口氣搏倒這麼多。」

「現在沒有了嗎？」到三百年前還看得見，那表示他們生命力也很強啊。我看著領首的船長，因爲戴著帽子，無法辨認特徵，不知道是哪一代的船長，身後的船員又是混合種族，什麼族都有，不能拿來判斷。

不過如果一代都是黑精靈，那這些應該不是一代成員，是二代之後的某一代。

「不知道，有一天采巨人突然消失了，獵手團到他們的島上，一個也找不到。後來公會派員調查，也查不出所以然。島上沒有戰鬥或逃亡的痕跡，就是不見了。」喵喵聳聳肩。

走廊的空氣有點冷，比外頭溫度還要低，但空氣很清淨，沒有污濁感。

我們三個沿著往船尾方向的走廊繼續走了一段，先進入的是倉庫區，有好幾間大型的收存室；隨手推開門，裡面整齊地收置各種船上會使用的物品，從各式雜物器具到少量的備用食物、藥物都有……這食物也堆太久。

不過仔細一看，食物大多是乾貨，如肉乾、加工過能放很久的乾糧等等，數量眞的不多，感覺上只是爲某些人準備——這艘船如果食物做了這樣的處置，是不是所有船員都是在從容的狀況下離開，所以只剩最後撤退人員夠用的食物？

又走了一會兒，我們面前出現巨大的金屬門，上面鎖著某種根本看不懂的法術，不過有些花紋倒是覺得很眼熟，不知道是精靈還是時間種族的那種樣式。基於這艘船的一代船長是黑精靈，所以出現這樣的陣法並不奇怪。陣法目前看起來沒有失控，就是安安靜靜地運行，好像在保護裡頭的物品。

我在五色雞頭暴衝想要去挑戰人家術法、開挖寶藏之前，先把他拖走。

「這裡有鳳凰族的法術耶。」喵喵停在一扇紅門前，仔細端詳著上面運行的術法，「裡頭是一些醫療用品和書籍喔，等事情處理完，喵喵想再回來看看這些！肯定有很多喵喵不知道的醫療術。」

看來七名船長的手下果然有各式各樣的種族。

雖然剛才只有聽千冬歲小提一下，還沒完全了解這艘船的歷史，不過一路走來我對戰船的過往起了不小的好奇心，回學校要好好去圖書館研究，感覺會很威……光靠術法就可以把船保護得這麼好，放了上千年變也沒變，眞的很威！

不過怎麼會才七代？

感覺有點少，這麼有來歷的船照理說應該會航行很久。

「喵喵妳也知道戰牙幽鬼的事嗎？」看著一邊正在記錄鳳凰族術法的喵喵，我問道。

「知道啊，漾漾以前是在原世界所以才不知道的吧，西瑞應該也曉得，小時候聽的故事裡面都有。」喵喵得到五色雞頭「廢話」兩個字後，笑吟吟地繼續說下去，「在戰亂年代，戰牙幽鬼算得上是數一數二的自由戰船，協助白色種族打下許多勝戰，種族大戰時也曾搭載過精靈族急速搶攻邪惡種族領地海域，打勝許多關鍵一役。」

「不過呢，戰牙幽鬼一開始不是戰船喔，原本是一艘大型冒險船，專門前往幾乎沒有人敢去的古代遺跡，或是破解各式各樣太古遺留記錄，像剛剛那個打采巨人的事件應該也是在冒險途中發生的。而冒險時，他們經常因爲各種寶藏被多方覬覦，不斷遭到襲擊、並取得全部勝利後，開始越來越多種族求助於他們，才會成爲戰船。」喵喵頓了頓，繼續說道：「黑精靈的冒險船不屬於任何勢力，冒險者屬於自己，所以比起各種城市的結盟或利益衝突，一些比較無力的種族更喜歡向冒險者求助，因爲不用像雇傭兵那麼花錢，只須冒險者願意，甚至不收分文。況且戰牙幽鬼向來不拒絕弱小部族的請求，還反過來救助他們，名氣因此遠播，全盛時期我想整塊大陸都聽過這名字吧……他們得到非常多尊敬。其後六代船長也大多這樣行事，不受拘束，也不害怕戰鬥，如同艾曼達與菲雅那般令人崇敬。」

「不過七代感覺時間好短啊……只有七個船長。」我有點感慨。

「漾～你腦殘了嗎，那些船長命都超長的好不好。」五色雞頭用「我腦子壞掉」的眼神鄙視我。

雖然是我的錯，但我眞不想被一個比我腦殘的人說我腦殘！

我都忘記這些種族的生命不是普通人類能比的，搞不好隨便一個都活幾百年，更別提一代就是個精靈，搞不好人家都已經暢遊世界三千年之類的。

喀答。

我們猛地止住腳步。

回頭看時，只看見有三個人站在走廊那端望著我們。

那是我們自己。

※

「漾～你是眞的嗎？」

五色雞頭盯著對面的自己，涼涼地丟過來詢問。

我取出米納斯，考慮要不要給他來一槍。

「那好像是我們的幻影。」喵喵說著是人都看得出來的廢話，「啊，衣服很可愛吧！喵喵在好漂亮的店裡面找到的喔！」

「我們有啓動船上什麼東西嗎？」我有點眼神死地思考進來之後我們有沒有碰過什麼不該碰的。

「沒有啊，不過這船的守護法術早就啓動了，可能是其中一個防範敵人的喔。」喵喵聳聳肩，接著喚出夕飛爪，一圈綠色光點環繞在夕飛爪上，接著圈繞上她的手腕。

「反正幹掉就行了，大爺可不覺得會輸給冒牌貨。」五色雞頭也抓握著他的雞爪，勾起邪笑。

下一秒，他已經出現在我的冒牌幻影前方，一爪子橫向朝腦袋揙過去，大有把對方的頭直接打飛的氣勢……

等等。

我的冒牌貨？

看著五色雞頭確實是揍我，我突然有種想要刺殺隊友的衝動。

你是想殺我多久了！下手這麼殘！

「漾漾，快退後！」一邊的喵喵突然將我扯到後方，綠光自她金銅色的爪子擴散，眨眼變形成一整片護盾，鏘然擋住從幻影那邊射出來的黑影；護盾只輕輕晃動一下，散出清新的草原氣息，讓人精神為之一振。「夕飛爪，雨吹盾。」

護盾形成同時，我們四周也攀出細小的綠芽，並不是實體，而是光一般的形體，全都是很溫柔的嫩綠色，更多的細小光芒飄散在這些綠芽周圍，轉繞著好像是在與芽共舞。

被阻止在盾外的是一支飛箭。

我看著對面，和喵喵一模一樣的幻影露出天使般的笑容，手上抬起與千冬歲的幻武兵器幾乎一模一樣的長弓；而一旁的五色雞頭二號手上出現再眼熟不過的雙刀。

連忙抬起頭，出手殺我的五色雞頭已經翻身退開一段距離，「我」並沒有剛才想像般腦袋整個被踹飛，反而只抬起左手就擋掉五色雞頭的一擊，接著勾起陰冷的微笑，撕裂空氣般甩出黑色長鞭。

「漾～我覺得冒牌貨比本尊有威嚴耶。」五色雞頭指著我的幻影，用一種「真可惜」的語氣說道，「你要不要和他對換啊？」

我面無表情地看著混帳傢伙。

還來不及窩裡反，「我」已經一鞭子甩過來，空氣中傳來超有威脅性的破風聲，黑鞭抽在喵喵的護盾上，竟然硬生生抽開一條裂縫。

「比本尊強好多喔！」喵喵吃驚兩秒，補回護盾，「要是漾漾都這樣的話，我們可能會死光光喔。」

沒有「都」，我只有一個。

如果我的幻影這麼強的話，那另外兩人……

「去死吧！」

五色雞頭眨眼出現在他自己的幻影後，這次準確無誤地一記殺招過去，真的把他自己給拍飛出去；遭到強悍力道襲擊的幻影發出詭異聲音，折成兩半砸在某道茶色的門上面。

「白痴！大爺最強的就是自己！拿什麼破武器！全身都是破綻！」五色雞頭朝自己豎起中指，接著又衝過去補踹幾腳，正要徹底把幻影再對折時，黑色長影甩去，直接纏住五色雞頭的腳，扯散他的動作。

我說這不是複製我本人吧？這幻影肯定是複製夏碎學長塞進我的皮裡面！

看著又輕鬆阻止五色雞頭的「我」，莫名感到內心複雜，這好像是有點S版本的「我」啊！爲什麼連笑都笑得這麼詭異！我從來沒這樣笑過吧！

而且總覺得那個幻影好像有哪裡不對勁……比起假五色雞頭和假喵喵，看起來特別不對。

就在我試圖想要找出異樣感時，喵喵已和拿著弓箭的自己對上了，就像千冬歲版本的喵喵，這個幻影使用弓術異常熟練，竟然連續幾次射穿夕飛爪的護盾。雖說是幻影，但這艘戰船的力量確實不能小覷。

差不多同時，被踹歪的五色雞頭幻影也重新起身，如我們所料，這邊果然有復原機制，幻影三兩下又變回完好的樣子，接著雙刀急速斬向五色雞頭。

五色雞頭當然不會乖乖被砍，用非常不可能的角度偏開身體，高速避開幻影的攻擊，並瞬間還手，重重往幻影腹部一拳揍去，再次把對方揍回門板上。

？

慢著，剛才五色雞頭不是被那個S版的「我」……

「後面！」

米納斯的警告慢了一步，瞬間感覺到有什麼在我身後，猛地一轉頭，我看見自己的臉出現在面前。

衝著我勾起讓人發毛的微笑，「我」的手已經在我的脖子上。

因爲如此接近，我突然發現這東西不對勁之處在於身上有一股淡淡的熟悉感，不是白色種族那種充滿生命的力量。

幻影身上，竟然帶著像是烏鷲般的感覺。

震驚之下，幻影已靠到我耳邊，冰冷的氣息拂過耳際——

「何以害怕自己的力量？」

喵喵和五色雞頭的叫聲剎那間突然變得很遙遠，周圍一切景物全都散去，我與幻影墜入黑色深淵。

❀

你不是已經發現所肩負的是什麼嗎？

幻影鬆開手。

我落在黑暗之中，沒有任何著力點，就像飄浮在空氣裡一樣，而幻影就站在我對面，依舊維持著詭異的笑。

雖然想取出米納斯抵抗，但我發現米納斯竟然沒有反應，別說米納斯，就連老頭公都沒反應，他們好像陷入沉睡般，和我徹底斷掉聯繫。

幻影似乎沒有要動手的打算，甚至連黑鞭都收起，讓我覺得更不對勁。

「你是『戰牙幽鬼』……？」想想，我姑且還是先開口，看看能不能做雙向溝通。

果然，幻影很快回答我的話語。「不是。」

「你是我？」我只好問這個很老梗的問題，說不定是什麼反映我內心的法術，要讓我克服什麼創傷，重生變成天下第一高手去輾掉未來阻礙之類的，搞不好還可以在這裡面進行修練，出去之後就有等同一百年的修行。

「不是。」幻影還是否定。

再見了，一百年修行。

「那你是什麼？」該不會塞在裡面的眞的是夏碎學長吧！

「我是，『力量』。」幻影抬起手，確實讓我感覺到一股超級強大的力量，裡面還融合熟悉的黑暗感。「凡是入侵者，都將敗於力量之下。我沒有形體，沒有盡頭，唯有擊敗對手才會停止。」

「你該不會是獸王族建立的反入侵術法吧？」這保全的風格與獸王族直接輾死對手的做法好像啊！剛剛才聽過直接輾掉這種話的我，只覺得無比熟悉。

「正確一半。」幻影微笑。

……獸王族的行事作風眞的超好猜。

「爲什麼特別把我拉進來？」我按著胸口，覺得有點悶悶的，這個幻影身上的那股黑暗力量讓我覺得有點不太舒服，好像在引動什麼。

「因爲你的力量會影響這艘船，作爲保護之力，必須將你隔離。」幻影相當直接地回答我的問題，一點也沒有拐彎。只見他張開手掌，上面飄浮著一片指甲般大小的黑色，近似陰影的氣息就是從那邊傳來……應該說，根本就是陰影的氣息。

看我臉色一變，幻影主動開口：「作爲樣本的黑色存在雖然僅有這些許，但力量卻非常強大。不過請放心，船長們已經加以封印，此物品爲凝止狀態，並沒有任何作用，只是作爲辨認基礎。而你，符合這份樣本。」

「……所以要消滅我嗎？」我覺得那種討厭的不舒服感又開始變強，連帶語氣也變得不怎麼好。

「八大種族沒有無故互相消滅彼此的權力，如果有，那必是其中一方不爲世界歷史所容。」幻影收回一小片陰影，環起手，「周而復始，推動循環。」

這幻影講話還給我越來越文謅謅了喂，自我意識眞強啊！

好吧，既然他可以理解人話，我也不客氣了，反正他看起來不像要殺我。「前不久有人來這裡嗎？三個人和一匹馬。」都困在這種地方了，當然是先打聽情報。

「有。」幻影給了正面的答覆。

「他們人呢？」我連忙問道。

幻影豎起手指，比向我們的正上方。

「那請把我放出去，不然不要怪我不客氣了。」我按著背包，雖然米納斯不能用，但符咒我還有，絕對有一種可以炸掉這地方。

「你眞沒耐心呢，褚冥漾。」幻影勾著那種S的笑容，慢慢原地轉了一圈，同時身形拉長變換，等到他轉回正面時，已經完全換成另一個人——而且是會讓我馬上大退五大步的人。

去你的！原來塞在我裡面的不是夏碎學長，是安地爾啊啊啊啊啊啊！

乍見一輩子都不想再見的該死鬼王高手，我馬上向後退開一大段距離，抄起一把符紙在手，準備隨時把他炸上天。

我就知道綠海灣騷動和這王八蛋脫不了關係！

「別緊張，我只是對這『力量』做些小改動，讓他幫我帶點話。」幻影「安地爾」掛著那種讓我想戳爛他臉的笑，「原先我想讓綠海灣就這樣自取滅亡，但看見『他』來了，我就知道你也會來，不過我暫時有點忙，就讓這力量替代我招待你們，等我有空，再來坐下好好喝個咖啡吧。」

咖你妹。

我看著安地爾的幻影，覺得自己倒楣透頂。

上次看到他的殘像我還短命三年，這次又給我留個幻影，他是多想玩死我！這鬼族到底是不是蟑螂屬性，怎樣都不會死！怎樣都會出現！根本和家庭大敵是同個等級的存在！

他到底是怎麼把這艘船搞出來的，竟然還可以隨心所欲改變這艘強力戰船的保全？

算了不想了，這鬼族王八蛋每次手段都很可惡，就歸類在所有可惡事情他都辦得到的範圍裡好了。

「你也不用想太多，主要只是向你打個招呼，先前我所說的都還有效，等你回歸我們這方。」安地爾繼續提著不開的那壺，嬉皮笑臉地說：「當然，帶著『他』過來就更歡迎了。」

「你可以不要連幻影都說廢話嗎。」我按下剛才的驚恐，努力平復過來，然後冷冷地斜眼過去。「你到底在這艘船上幹什麼？」

不知道是不是早就預料我會問這種問題，安地爾的幻影竟然好整以暇地回答我：「我想要這艘船啊。」

講得好像是想要台遙控船似的，你的不良企圖一定都要範圍這麼大嗎！

「但真不愧是曾讓我吃過敗仗的戰船，沒有我想像中順利，不過既然已經停在綠海灣，那麼看看白色種族的混亂也好。」安地爾冷冷勾唇，「看他們和自己的力量戰鬥，直到嚥下最後一口氣。」

「……」在這裡罵幻影好像沒什麼意義，始作俑者也不痛不癢，我決定不浪費口水。

「只是亞那的孩子比我預計的還快察覺，果然是繼承他血脈的人，當初應該無論如何都要弄到手。」幻影安地爾看著我，「那麼，久違的聊天就先說到這吧。現在的你，是不是已經開始看清楚白色種族的面目？」

「什麼？」我愣了下。

「藏於他們那些面孔下，對於黑暗的排拒，對異己的迫害。你很清楚，你在陰影事件過後是不可能再回到從前，你不是羊，力量已經握在手中，隨時可以毀去那些讓你煩心的無趣生命，你也確實有那個意思。你在古代大術中見到歷史，你也見到你們該做的是什麼。」安地爾慢慢走向我，就算知道他是幻影，我還是下意識往後退，但依舊被他接近，「爲什麼要壓抑那些？順從你自己的天生本能，微笑著看這個世界被烈火燒去才是你該做的事，何必抹掉色彩，假裝成白色的一員，這樣對你沒任何好處。」

至少在這裡可以不用看到你這讓我短命的蟑螂。

「你應該和現任的族長，共商如何讓黑暗種族回到最光榮的時代。決定歷史命運的，應該是握有力量的人，而不是那些假惺惺的弱者。」幻影朝我伸出手，「承認吧，你們可以緊握這個世界，直到將它狠狠掐碎。」

我揮開安地爾伸過來的手，「滾吧你。」不過就是區區的幻影，別裝得好像是本人。

給我消失！

不知道是不是感覺到我強烈地希望他滾，幻影就像蠟燭火一樣突然搖晃了下。

安地爾的笑容突然加深，帶著某種得意的味道。

「褚冥漾，你以為你什麼都沒做，但自你有意識開始，你已經什麼都做了。」

「閉嘴！」

「你認爲你眞的可以成爲白色種族？玩著友善的家家酒遊戲？」

「閉嘴！」

「那是，永遠都不可能的事。」

「給我閉嘴！」

我發出連自己都驚愕的怒吼，黑色空間傳來破碎的聲音，好像有人從外面暴力地撕扯，將整個黑暗連同安地爾的幻影一起撕成碎片。

光自破碎之處滲透進來。

從那裡伸出一雙手，溫暖且有力地抱住我。

「沒事了、沒事了，漾漾不要害怕，一切都沒事了。」

喵喵將我緊緊環在懷中，柔軟身體帶來的溫柔安心感，讓我瞬間想哭。但是，我不能讓他們發現。

因爲現在還是白色種族的世界。

我想要留在這裡，和他們在一起。

第八話　發生過的衝突

「漾漾，站得起來嗎？」

喵喵鬆開手，拉著我的手臂，我才發現我整個坐在地上。有點尷尬地反握喵喵，站起身，然後鬆開對方的手。

越過喵喵纖細的肩膀，我看見後頭的五色雞頭一身的血——但是他沒有受傷，而且那些血正逐漸消失，顯然是幻影的血，另外那兩個幻影也已經不見了，看來五色雞頭的暴力對付暴力法完全成功，硬是把保全給輾過去。

「喵喵幫你檢查，先在這邊休息一下。」喵喵有點擔心地說著，很快幫我上下看過一遍，才鬆口氣，「你被捲入封閉空間，喵喵好擔心。」

「有什麼好擔心，本大爺的僕人經過長期調教，當然不可能隨隨便便翹掉。」五色雞頭流氓姿地走過來，對於喵喵的擔心很不以爲然，「男子漢就是該斷個兩條手臂，才會變成三頭六臂！」

我已經沒精神去吐五色雞頭的槽了，剛才被安地爾的幻影一攪和，覺得心情很差，全身不知道爲什麼好像被抽乾力氣，很疲憊。

「封閉空間會吸取獵物力量，降低行動力，先把這個喝下去吧。」喵喵從自己的包裡掏出小水瓶，放在我的手上。

打開一看，是精靈飲料，沒想到她連這個都帶出來。

握著小瓶子，我喝了幾口，感覺氣力開始恢復，心情也不再那麼糟糕。過了一會兒，我把剛才安地爾幻影的事情告訴他們，不過刪去關於我的那些對話。

「那千冬歲和夏碎學長的推測是對的。」喵喵鼓起臉，「那個鬼王高手太壞了。」

安地爾根本不是用「太壞了」三個字可以形容。這莫名其妙的渾蛋到底是從哪裡得知戰船的消息？整個世界包括公會都不知道，他竟然知道？還有他把船弄醒的意圖是什麼？總不可能因爲想要隨便拉出來亂跑，不小心落在綠海灣就扔著隨它去毀滅綠海灣和海盜吧？

……糟糕還眞有可能。

「對了，『力量』說學長他們在上面，我們快上去看看。」先把安地爾扔到腦後，我連忙說道。

「夏碎學長他們好像也有什麼發現了，我們先走吧。」喵喵攤開手，掌心上的光球正在轉動，不斷向上飄著。

簡單整頓後，我們很快找到往上的階梯，快速朝光球指引的方向前進。

往上一層房間數就減少了，相對來說公共空間變很多，有不少像會議室、鍛練室或遊戲室的區域，還找到很大的餐廳，光球的指引就停在那裡。一進入我們就知道找對地方了，能容納百人的偌大餐廳很明顯經過一場打鬥，很多桌椅都被炸爛了，還有風刃切割過的痕跡。我走了幾步，從地上撿起一根銀針，心裡溢出恐懼，好像有什麼在身體裡喀登一聲，透體發涼。

學長他們在這裡碰上安地爾，打了起來。

我抬起頭，看見餐廳天花板被打穿一個大洞，直通上方的空間。可能這裡用了不少術法，一堆奇奇怪怪的光點和法陣還在運作，阻擋餐廳自動修復。

「在上面。」

喵喵鬆開手，光球立刻穿過那個大洞繼續往上飛。「漾漾來吧。」

搭上喵喵伸出的手，我直接被她拽著往上一跳，穩穩落在上一層的地板，隨後五色雞頭也跳上來，幸好這次不是被他們扔上去……

上頭同樣是間很大的餐廳，看起來和下方相連，邊上有個可通上下的送餐口，牆邊還有餐具櫃，裡面擺放大量銀製餐具。這裡的打鬥痕跡一路延伸到外面去，外頭的走廊被砸個半毀，也出現了其他武器留下的痕跡，應該是遇到類似幻影這樣的防護機制。

光球領著我們在一片殘破中停停走走，路上還看見一些血跡，讓我更擔心了。

最終，我們停在某個很大的空房間前。

這個空間裡沒有東西，沒有家具、沒有裝飾，也沒有任何物品擺飾，完全就是一個空蕩的地方，不知道是用來幹什麼的。

不過就是在這空蕩的地方，我感受到很熟悉的火熱氣息，甚至可以聞到一絲硝煙味。

「在這裡！」喵喵往光球停下之處跑去，沿路順手解除幾個殘餘術法，最後跑到房間右邊的角落，那裡有幾塊地板破損得特別嚴重。

我們合力……應該說五色雞頭出了最大的力，把地板完全拆開，立刻看見我們要找的人——摔倒王子和阿斯利安。

他們兩人顯然受了很重的傷，連充滿守護力量的袍服都變得相當破碎，不過不知為何，摔倒王子的黑袍覆蓋在阿斯利安身上，兩人就像是陷入沉睡一樣緊閉眼睛、一動也不動。他們在失去意識前經歷的惡戰可能凶險到無法想像，摔倒王子還維持著想保護阿斯利安的動作。

「先別碰他們。」喵喵制止我和五色雞頭想要把人扶出來的動作，她抬起手指在兩人上方一點，空氣中突然綻出一小片古老花紋的銀色圖紋，「他們被上了時間停止的封印，現在不可以亂動。」

時間停止？

「就和海盜船那些被封死的船員一樣嗎？」我想起了外面那些沉睡在海底下的船與人。

喵喵點頭，「嗯，應該是類似的。」

我有些擔心，把視線轉回摔倒王子和阿斯利安，他們身上的傷口完全沒治療過，不過傷口冒出的血卻凝止了，看來那個「時間停止」在某方面可能也算救了他們。只是他們怎麼會這樣在地板裡？

誰把他們藏起來？

式青嗎？

「你們請先讓開吧。」

輕輕的聲音傳來，猛一回頭，看見的是夏碎學長和千冬歲兩人走了過來。夏碎學長手上的光球正往我們這邊飄，「我先解開他們身上的封印，米可蕥和千冬歲抓緊時間立即替他們做處理，這種傷勢可不能這麼繼續放著。」

我和五色雞頭馬上往兩邊退開。

沒多廢話，千冬歲立即和喵喵開出治療性法術，前者仍很擔心地盯著他哥的一舉一動。

夏碎學長走到地板空間邊上，取出兩張白色符紙，上頭以灰色顏料畫了滿滿的奇特圖案，一顫動就散出許多銀色小光點；那些光點飄浮在摔倒王子兩人上方，到了一定的數量之後，光點便互相旋繞著打起圈。

喵喵和千冬歲正要準備在第一時間做治療，船內突然一震，大量氣流伴隨著各式各樣的術法朝某個方向快速移動，好像受到什麼召喚。

「看來薇莎他們已經順利準備將船回歸到正常狀態。」夏碎學長觀察了下氣流的引動，隨手開了幾個隔離，接著認眞解起摔倒王子他們身上的封印。

可能是因爲古代術法繁複，夏碎學長解術的動作很慢，而且頻頻更換預儲的符咒，很快就用掉好幾張，其中有一些卻變成黑色，一離手便完全碎成粉末。光這樣在旁邊看，就算是我也看得出來這個古代術法很險惡，搞不好一失手我們全體都會跟著陪睡。距離較近的千冬歲更擔心了，每當他哥又拿出一張符，他的臉就多皺一點。

「漾～拿好你的武器。」

凝重的氣氛中，五色雞頭打破寂靜，舔舔嘴唇盯著門口方向看。旁邊的萊恩已握著雙刀呈現備戰狀態。

握著米納斯，現在她和老頭公又像平常一樣和我有連繫，看來眞的是剛才的空間有問題，搞不好那時候連符咒都無法發動，我想炸掉那裡有可能想得太簡單了。

「漾～」五色雞頭靠過來。

「幹嘛？」不是有什麼會衝進來在警戒嗎？

五色雞頭直接用獸爪搭住我的肩膀，壓低聲音，「大爺是不知道你在煩那些沒意義的事情幹嘛啦，變成巨神兵又怎樣，頂多被幹掉啊，公會那些嘰嘰歪歪的人又不是擺好看的。反正，人生不狂奔，老年只剩蹲！」

……你是人生奔太遠了你。

「並不會變巨神兵。」我很無言這個形容。

「什麼！不會嗎！」五色雞頭吃驚了，接著用鄙視我的表情開口：「剛剛那個幻影比較好。」

你到底覺得妖師會變成什麼樣子啊大哥！哥吉拉嗎！

那精靈可能就會變成摩斯拉了！

……我幹嘛真的要去想這個。

「敵人來了。」萊恩打斷我們的竊竊私語，一旋身便衝到門邊，大刀在他手上一個迴圈，直接俐落砍掉率先衝進來的東西。

先前我就注意到萊恩下手其實都滿狠的，或許是因爲袍級任務，他似乎傾向不給敵人第二次機會的做法，除非另有打算。

被砍掉的東西有點眼熟，很像我們在船外看見的沉在水裡的那些詭異人體，離開水面、這麼近距離一看，是個土黃色皮膚、手腳都長得很奇怪的人形活體。

萊恩一刀就砍掉腦袋，但這人體居然沒倒下，而是身體彈到一邊牆上，像蜘蛛一樣手腳貼黏在牆壁，動作快速地攀到角落。

「這些都是人造物，不用手下留情。」千冬歲因爲和喵喵正在輔助夏碎學長，只能對我們喊道：「它們沒有任何感覺，只會依照命令行動，小心點！」

意思不是活人就對了。

還沒來得及思考這些東西是從哪裡冒出來的，我快速扣下米納斯，朝急奔進來的第二個、第三個連續放子彈，用的是黏膠，牢牢將這些東西固定在地上，後頭有好幾個來不及避開，就跟著黏在門口，被萊恩劈成兩半。

五色雞頭已經直接跳出走廊，與後面不斷衝出來的人偶打得不亦樂乎。

我回過身，朝牆上那隻也開一槍，米納斯的自動導彈直接把無頭人偶射黏在牆上，不斷傳來詭異的掙扎聲音。不到半晌，整條走廊已堆疊滿被破壞的人偶，從那些破損的身體裡流出黑綠色不明液體。接著，我們從那些液體嗅到熟悉的氣味。

黑暗同盟嗎？

所以剛才水面下看見的那些果然都是黑暗同盟派出來的吧，看來除了安地爾以外，黑暗同盟也非常想要這艘船。

不過這些液體也太多了吧……已經快要覆蓋整片地板了。

正想問問夏碎學長他們，身後突然傳來一個怒喝聲——

「全部都給我閃開！」

猛一回頭，看見的是解開封印完全清醒的摔倒王子，他一手護在還沒醒來的阿斯利安身前，另外一手直接朝我們甩出非常大一坨炎熱氣息……我靠！

「米納斯！」我只來得及開三槍，大量水霧混合老頭公的保護法術把我裹得緊緊的。下一秒，空氣全爆炸了，巨大的爆裂直接貫穿船艙，轟轟烈烈地把一切都遮蔽了。連我都被掀飛到不知哪裡去趴著。

過了好一會兒……大概過了好幾分鐘，爆炸捲起的殘霧才漸漸消失。

雖然有米納斯他們的保護，但我還是摔了個狗吃屎又打了無數的滾，全身痛到不行，稍微在原地窩一下才爬起身，發現我被炸回樓下那層樓去。

苦命地用微弱的法術幫助自己爬回去，接著看見已經被炸透風的船體……牆壁淨空到可以看海耶……

摔倒王子其實想殺光我們吧！

穿過更多障礙物，我回到大房間。

在外面遇到同樣被米納斯他們保護起來的萊恩和五色雞頭，他們兩個好像也飛很遠，從走廊的另外一端走回來，萊恩頭髮都散了，但看起來沒受到什麼傷。

「媽的！竟然敢暗算本大爺！」同樣整尊好好的五色雞頭暴怒，很有要衝進去把摔倒王子撕爛的氣勢。

「等等，王子殿下不會隨便暗算我們。」我拉住五色雞頭，連忙緩頰，「先看看是怎麼回事。」

五色雞頭罵罵咧咧地罵了幾句，我們才一起走進房間。

千冬歲等人顯然也在第一時間布下保護法術，都沒有被波及到，甚至都還在原地好好的，不像我們差點飛出海外。

大爆破的摔倒王子正在劇烈咳嗽，咳出很多血，喵喵在旁邊努力開大外掛進行快速治療。

那些人偶都被炸沒了，連液體都不剩，地面上只剩一點點黑黑的殘灰。

我走過去蹲在一邊，很擔心地看著摔倒王子和阿斯利安。

「阿利學長傷勢比較輕。」治療阿斯利安的千冬歲說道：「但是他被封印得比較深，所以會再沉睡一點時間。」

幸好沒有生命危險。

不過他們怎麼會搞成這樣？還有學長呢？

「那兩人……咳咳……在安全地方……」摔倒王子語氣不好地扔過來一句話，接著又是猛咳血。

「你內臟傷得很嚴重，不要講話啦。」喵喵大不敬地擰住摔倒王子的臉，迫使他閉嘴。

「……咦？」

「嗯？」

千冬歲和喵喵同時發出疑惑聲，動作一致地從受傷兩人身側抽出一根銀針；針一拉出來，摔倒王子血吐得更多了，阿斯利安氣息也變得很不穩。

「看來是緊急的治療手法。」夏碎學長看著銀針，大概也搞不懂安地爾的想法，有些疑惑地放出小亭，讓小亭打開銀色陣法輔助治療。

安地爾治療了他們？

我滿頭問號，我以爲摔倒王子他們是和安地爾打起來，但仔細想想，一路過來看到的都是銀針，沒看見黑針……

他到底想幹什麼？

破碎空間完全安靜下來，外面再度傳來騷動聲。

原本以爲是那些人偶又攻進來了，正想戒備就發現外面的船艙正以規律的速度開始自動修復，大量碎片不斷回填，重新變回壁面，遭破壞的繪畫裝飾再次出現在原位，空氣也逐漸變得乾淨。

船變明亮了。

不是千冬歲之前的點光，而是屬於這艘船原本有的柔和亮度。

「看來已經恢復基礎運作了。」夏碎學長計算了下時間，「離完整恢復還有很久，但眼下安全無虞，暫時能夠放心。」

聽他這麼說，我們才整個放鬆下來。

因爲沒有其他事情能做，我們三個可以自由行動的就先把這層重新搜索一次，發現幾個沒上鎖的房間，可能是無主的臨時休息室，還放置著千百年沒化成灰的枕頭棉被，甚至連植物編織的床墊都還發散著舒服的香氣。所以在摔倒王子可以被移動後，我們就移師到其中一個房間裡，又從其他房間拉來許多被枕，讓夏碎學長可以一起休息。

大致過了一段時間，喵喵終於做好第一階段治療，這時候摔倒王子已經不再吐血，但臉色很差，拿著喵喵給的精靈飲料還有些動作不穩。

「能將黑袍傷成這樣也不簡單。」靠坐在一邊的夏碎學長淡淡說道。

摔倒王子嘖了聲。

「你們和安地爾打得很激烈嗎？」我很擔心這件事，更擔心安地爾為何沒殺他們。

「……？什麼？」摔倒王子皺起眉，「我們沒遇到鬼王高手。」

「咦？」我代表所有人驚愕。

摔倒王子稍微簡單解釋了下，大部分都是對著夏碎學長說。

大致上是他們進入燄之谷後收到消息，說綠海灣又受到許多襲擊，摔倒王子越想越不對，傳訊讓手下將更多情報送來。

為了治療，學長有短暫時間靈魂附體、是清醒的，所以也看過那些情報，然後告訴摔倒王子可能是綠海灣的古渡口發生問題。從情報上那些衝突和可能形成的術法看，很像古代術法，類似這樣的手法學長知道一些，也知道有些古船會引起這種騷動，如果持續下去，等到所有混亂術法到了一個極限，就會毀掉整片綠海灣，甚至附近一帶都會被夷爲平地，相當危險。

商議過後，學長堅持折返綠海灣，先行平息這些古代法術。

「他說得很有把握，說他知道古代術法，只要我和阿斯利安操作就可以平息騷動；因爲很堅持，阿斯利安和那匹馬又站在他那邊，我們才轉向綠海灣。」摔倒王子看了眼躺在床上的阿斯利安，表情很複雜，「雖然順利找到這艘船，不過這船吸收的術法比我們所以爲的還要多，我們將獨角獸與冰炎殿下安置好後，正要前往核心，船上突然出現了許多幻影。」

摔倒王子和阿斯利安對那些幻影當然是無痛輾過，他們袍級都接受過相關訓練，這點阻礙不會造成影響。不過在接近核心時，他們才發現這裡竟然有時間種族的法術，而且正在加快封印住他們的時間。

察覺不對要退出時，剛才我們看見的那些人偶瞬間鋪天蓋地地冒出來，像被捅開的螞蟻窩，拚命向他們襲擊。

說到這邊，摔倒王子不太高興地說，那些人偶被破壞之後，流出的液體摻有黑暗毒素，而且擴散後還會形成召喚陣，跑出各式各樣妖獸。如果沒在第一時間把液體和人偶毀掉，後面會引來更糟的東西。

摔倒王子和阿斯利安擊倒大量敵人，再也抵抗不了時間種族的封印，動作越來越遲緩，才會遭到嚴重創傷。

「之後出現一個奇怪的人，從那些液體的召喚陣裡來的。」摔倒王子說著，臉色變得很陰沉，「那種身手，恐怕也是鬼族高手，他身上有噁心的扭曲氣味，我花了點時間才擊退。」

然後他就這樣被封印住了，後面的事情全都不知道，連他們在地板下的事情也不清楚，更別提身上被插了銀針。

照這麼說，摔倒王子他們遇襲時，安地爾還在船上……難怪會看到學長來。不過安地爾不知道爲什麼沒對學長他們出手，就離船了。

這傢伙的行事作風眞的很難猜，完全沒個準則。

「你們沒事吧？」

進行第二段治療時，薇莎從門外冒出來，「剛才的爆炸有夠嚇人，幸好我們及時修復基本古術，才能先把船隻復原，不然讓你們這樣繼續炸下去可不得了。排除很多東西終於重設好這部分呢，眞累人。」

「出了些意外。」夏碎學長擺出招待用笑臉，「你們那邊還順利嗎？」

「嗯，鯨正在進行下一個步驟，等等分解水精石可能濕氣會比較重，你們暫時忍耐一下吧。」薇莎聳聳肩，接著有些好奇地探頭看看裡頭的摔倒王子兩人，「原來是公會的袍級，難怪你們會這麼祕密行事！」

會祕密行事是因爲我們全都是逃犯喔，記得嗎？

「還有，我們得衝破這個區域，回到海面上，這裡的空間太不穩定了，會再把船牽引至失控。所以接下來可能會有些搖晃，你們就自己多注意一下吧。」薇莎豎起手指，「如果有事情找我們，我們在上面，這艘船的正中心核心處，已經修改過進出法術，不會有危險。」

「那個……時間種族的法術怎麼會在這裡？」我有些疑惑，不是聽說時間種族退隱了嗎？

「第二代船長是時間種族喔，而且還是最正統的時族。當時好像設置不少相關法術，像船會恢復到最佳狀況、保存上面一切物品，都是二代船長的設計。」薇莎親切地爲我解答，「海底沉睡那些也是遭到失控的時間法術封印，因爲怕拉船出去會造成騷動，我們打算等船離開綠海灣的海域，再解除那些人……當然七葉醬會先解除就是。」

一代是精靈，二代是時族，這艘船船長的來歷可不可以再嚇人一點？三代該不會是什麼神吧！

不過船快點回去也好，哈維恩還留在外面，希望他那邊也很順利。

「哥你怎麼了？」

聽見千冬歲的詢問，我回過神，看見夏碎學長好像在思考什麼似的，表情有些嚴肅。

「我覺得有點奇怪，抑制鏡返的術法照理說無法持續這麼久，解除船隻的法術後重設到現在，這個空間還沒受到影響，表示外面的抑制術還在，這不太對勁。」夏碎學長帶著些許憂慮，「無人控制的陣法應該在先前就消逸了，失去這艘船的術法支撐當動力，外面那些牽引出去的力量會失控反侵蝕，可是至今還未發生……」

「對啊，我也正想問呢，你們還有人在外面控術嗎？」薇莎問道，「我和鯨原本已經做了被衝擊的準備，可是都沒發生，怪怪的。」

如果說外面有人控術，扣掉在古渡頭的哈維恩，那也只有……

「蒼嗎？」我想該不會是千冬歲那些人手幫忙吧。

「雖然我沒有對他們下命令控術，但有可能。」千冬歲似乎也是這麼想。

那他們沒有躲避斗篷男的攻擊嗎？還是他們將斗篷男幹掉了？

「算了，反正等等出去就知道了。有人控術算是幫了大忙，我們可以從剛才的裂縫接上術法的力量穿回去，這樣就省得又花工夫再去開一個。」薇莎說著便揮揮手，扔給我們一塊羊皮卷，「那我先回去啦，對了你們另外那些朋友記得去領回來喔。」

說完，她就像剛來時一樣，速度很快地跑掉了。

等薇莎離開後，摔倒王子才告訴我們學長和式青的下落。

「他們在船長室。」

※

我和五色雞頭、萊恩走過長長的走廊。

薇莎給的羊皮卷攤開之後相當大，上頭畫的是整艘船的樓層位置，船長室在很高的船首位置，得爬好幾層樓梯、穿過很多條走廊。有趣的是，上面記錄著副船長室在船尾，而且是在很低的下方，似乎很接近我們剛才路過的那些儲備空間。

一般會把副船長室放在那邊嗎？

這感覺似乎與底層船員住在一起了。

看著樓層圖，我突然有點期待，這樣出逃一路滾到現在，終於快要把學長找回來了，這好像是我沒依靠學長，第一次快要完成的大事！

一想到學長要回來了，我就稍微安心些，那種黑暗影響帶來的騷動似乎可以因此壓抑下來。畢竟有學長在，他肯定會在什麼爆出來前先揍我，讓我完全忘光心理陰影，我可以不用一直反覆想著那些世界歷史、黑色種族所有的任務，還有我們的天賦。

只要有學長在，那些好像都不算什麼。

「漾～你詭笑得好像要去看小三。」五色雞頭不識時務地丟過來這句。

「並沒有那種東西。」我面無表情地回他。

「你不是兒子都有了嗎！」

「並沒有那種東西！」

在五色雞頭又要扭曲前，我轉過頭往萊恩的方向看，萊恩果然消……萊恩還在！他就走在我旁邊，存在感莫名強烈。

等等存在感是可以收放自如的嗎？

萊恩也正在盯著我，似乎想要說什麼。

「婆婆媽媽的像四眼田雞一樣，有屁就快放！大爺的僕人是大爺的！」五色雞頭也看出萊恩的欲言又止。

想想，萊恩還是開口了。「歲很擔心你，還有他哥。神諭之所例行性的卜術，出現你們兩人會有些不太好影響的預兆。」他抓抓頭，好像不是很擅長解釋這些，「歲一直奔走尋找各種可能，要排除那些黑暗影響。還有因爲你，他特別調閱歷年來黑色種族的變化記錄。」

「咦？」我以爲千冬歲這段時間都在兄控他哥，原來他還找了黑色種族的記錄？

「歲說碰過那種影響歷史的古代大術的人，心性都會在某程度上有所改變。你原本不是這個世界的人，對這些事不清楚，歲說我們得盯著你，但又擔心你有壓力，就沒說開。」萊恩繼續說道：「他想等你自己想通。」

「等等。」我腦子有點混亂，「所以喵喵也知道？」

萊恩點點頭，「我們課後有一起去看那些，喵喵在醫療班學習黑色種族的治療，她想幫你紓緩一些變化過程。」

因爲平常他們都到處輾人，又各種誇張亂跑，所以我眞的沒有注意到千冬歲、喵喵和萊恩一直在調查這些事情。我以爲只有我自己煩惱身體裡那種異常的感覺……慢著，該不會尼羅帶我們去山王莊也……？

「歲不是一開始就這麼強，我也不是，我的幻武兵器用了很多時間收集，最開始時什麼也沒有，和普通人一樣。」萊恩看著我，用平常的語氣，「雖然你剛進來時是普通人，但你和我們一樣會變強，這個過程沒有什麼好丟臉的，誰也不知道將來你會怎樣，說不定你最終能成爲黑袍。」

那瞬間，我想起很久以前學長曾對喵喵說過的話。

有一天，你們都會達到那個目標的。

現在想起來，難道他是在對我說？畢竟當時喵喵已經是藍袍了，早就成爲袍級，又或者他的意思是指高階袍級？因爲我知道同色的袍級也有各種分類，高階之外還有資深，個個都不是人。

我握緊拳頭，將有點發抖的手指收進掌心。

萊恩似乎沒注意到我這個小動作，只是直視前方，「我們會來，是因爲擔心你們，歲擔心哥哥，也擔心朋友，我和喵喵也是。不論是何種種族，我們希望你依舊是那個朋友，這點絕對不會因爲區區的種族影響而改變。亞那殿下能夠與妖師成爲友人，那爲什麼我們不行。」

「對對！大爺剛剛也是想講這個！」五色雞頭一擊掌，露出他剛才不是想講廢話的神情。

「管那些屁事情幹嘛，反正誰都會變壞，又不是說黑色種族變壞就有問題，白色種族還不是一堆傢伙壞得跟什麼一樣，例如四眼田雞他老子。」

「……那我眞的變壞可以正大光明揍你嗎。」我非常誠懇地對五色雞頭提出這個問題。

「本大爺會把你打個稀巴爛。」一秒完全失去朋友愛心的五色雞頭直接這樣回答。

「我最近超悶、超想吐，整個人動不動就超火大，很想打個東西，身爲歃血過的兄弟，是不是應該要好好支持一下你換帖的。」我瞇起眼睛，對五色雞頭動之以情。不知道爲什麼，說著這些，突然好像變得有點像在說笑話，說出口後並沒有之前想像的恐怖。

「漾～你那是懷孕的徵兆，要記得去做產檢。前三個月是關鍵期。」五色雞頭用好婆婆對媳婦說話的語氣說道。

他竟然連這種婆媳劇都看嗎？

被五色雞頭一搶話，萊恩就沒再多說什麼了，可能他原本也只打算說這些而已。

然後，我們開始接近船長室了。

第九話　再度集合的小隊伍！

我們三個站在銀色大門前。

「萊恩，你覺得會有防護嗎？」我很認真地看著雕刻著精靈的船長室大門，深深覺得這看起來超高級的房門感覺好像會有很多陷阱。

萊恩很認真地盯著門看了幾秒……繼續保持沉默。

「就說踹進去咩！反正什麼也沒有！」五色雞頭抬起腳，立刻被我從後拽住。

到達船長室前，我們看見門扉是緊閉的，一路走來除了開放空間外，幾乎大部分房間都有護術鎖起，不能隨意開啓，雖然船員已經離開這艘船，但顯然船上仍有基礎機制，不讓人隨便亂闖。

建立在這個基礎上，這間緊閉的船長室肯定有什麼防護！搞不好我們隨便一開就會整個爆開，或是衝出某種東西！

但在這裡站了半天，還是什麼也沒感覺到，沒有像之前遇到「力量」時那些很明顯的突兀感，這扇門什麼都沒有，平靜得好像它眞的就只是一扇普通的門……船長室可能裝普通的門嗎！不可能吧！

是不是摔倒王子忘記告訴我們什麼？

「你們先退後。」說著，萊恩甩出兩把大刀，「雖然覺得沒什麼法術……」

「等等！踹門是大爺的本職！你才該閃一邊去涼！」五色雞頭一秒衝過去擠走萊恩，在我們來不及制止之下，他超級豪爽地一腳就把銀門給踹開。

本來以為會有點什麼，我和萊恩武器都舉高了，但意外地，什麼也沒發生，徹徹底底就表示它是一扇最普通不過的門！

「你看看，大爺就說什麼也沒有。」五色雞頭又多踹了一腳，把兩扇門板都給踢開。一股淡淡香氣從裡面飄出來，伴隨著摔倒王子的力量感。

出發之前，摔倒王子有給我們一個符文，說是可以通過他預設的保護壁，所以門後那層法術牆我們很簡單就穿過了——從開門到進入異常順利，順利得太不對勁了，越是這種狀況，越容易從某個角落衝出暴龍。

一想到這裡，我完全無法放鬆。

但很快地，這種感覺就被接下來發生的事情給取代。

穿越保護壁後先傳來的是一股淡淡茶香。

船長室的客廳相當簡單，只有幾張桌椅和櫃子，牆壁上釘滿大量航海圖，年代都相當古老，而且每張圖記錄的歲月都非常長久，看到那種長得誇張的時間我就一個暈，所以趕緊離開客廳，往兩側內間走。一邊打開是書房，同樣釘滿各種地圖和航海圖，以及寫滿不明文字的資料，桌上還有不少羊皮卷，書櫃架子上也都是大量資料和不知用途的奇異擺設。

書房裡和客廳一樣有陽台、窗戶，能非常清楚地看見外頭的航行狀況。

關上書房，打開另一邊房間，果然就是大睡房了，四周牆壁依然釘滿各式各樣的地圖和文件，接著，就是趴在床鋪屏風前的……獨角獸。

白色獨角獸背著我們癱在地板上，不知是睡著了還是也中了時間封印。

我緊張地趕緊跑過去，正想看看色馬的狀況時，剛才那股緊張瞬間完全消失。

馬頭倒在一灘血泊中——一灘鼻血，舌頭還吐出來貼在地上。

「……」雖然安全很好但我很想讓這匹馬現在直接不好。

從色馬肥大的身體踩過去，我推開屏風，看見了安安穩穩躺在床上的人。

應該說，精靈。

雖然說這張臉過去看了無數次，但現在看著又覺得好像陌生人。

一頭柔軟的銀白色長髮瀑散在頭形漂亮的腦袋後，柔軟的細髮像隨時都能發出光芒，枕在上頭的漂亮臉蛋還是如以往中性小巧……應該說現在有精靈加持，多一層打從骨子裡飄出來的虛幻氣質，整個變得更好看了，光是閉著眼睛躺在那邊，都有一種說不出的安詳感，纖細勻稱的肢體與往常清醒時隨時緊繃的狀態不同，呈現很放鬆的姿態。整個人就這樣被放在一件披風上，靜靜地沉睡。

說眞的，這麼看著，就知道爲什麼童話故事裡的王子會想直接給睡美人親一下。

但在被美色迷惑的同時，我殘弱的理智還記得躺在這床上的人是誰，要是沒頭沒腦眞去親一下，大概要七天我才回得了家。

這種畫面對心臟不太好。

我捂著胸口，覺得變成精靈自帶優美夢幻的背景功能太可怕了！

不過看這樣子，學長應該是燄之谷的力量都被控制住了，所以精靈族的力量和外表才整個表露出來。

摔倒王子他們眞該把學長捆成木乃伊才對，這樣拉著到處跑，會害死很多人的純潔心臟。

因爲旁邊沒另兩個人的絲毫聲音，我疑惑地轉頭一看，發現他們也看呆了，五色雞頭兩秒

之後賞自己一巴掌，才整個回過神。

一邊在心裡拚命唸著阿彌陀佛、大慈大悲觀世音，我一邊摸到床邊，抓起披風左右的布料，用力把學長連臉整個包好外加打個結，這才隔離可怕的夢幻氣氛。

眞要命，多看幾眼都會跟著跑去睡……當初我的祖先該不會是被美色誘惑才和精靈往來這麼久吧？

不過我看其他精靈都還好，賽塔也不會這麼嚇人，怎麼學長放在這裡睡覺整個場景就很驚人呢！明明之前在黑山君那邊也沒這麼可怕啊！

應該要告訴他精靈型態不可以亂睡覺，萬一害人家出車禍就糟糕了。

「他們可以移動嗎？」我看向也回過神的萊恩。

萊恩有點匆忙地走過來，將手放在學長包裹上，稍微施放點術法，「學長身上沒有時間封印，但外面的獨角獸有，而且獨角獸可能受了不明傷害，我問問歲看怎麼處理。」

……色馬那不是不明傷害，我覺得那混帳可能只是被美色迷惑，差點自我毀滅而已。

看萊恩走到一邊去和千冬歲通話，我轉頭看五色雞頭，他整個縮進去角落，背影有點黑暗，不知道是不是剛剛被美色誘惑的打擊，總之看來大家一時半刻還得暫時停留在這邊，「我去看看外面。」雖然看不懂古代文字，但我對牆壁上那些地圖有點好奇。

說不定，這艘船也曾經過有妖師的地方。

我晃出房間，在客廳左看右看，突然發現書房是開著的……我怎麼覺得本來應該是關著？看著敞開的房門，想想去逛一下也好，便直接走進書房，看看裡面會不會有什麼我看得懂的東西。雖然這樣想，但就在我走到書桌前，寒毛突然全豎起來，頭皮瞬間發麻，整個人冷到不行。

想回頭離開書房，門已經關上，一點聲音也沒有。

這該不會是什麼幽靈船長要出現的預兆吧？

「窗台邊有東西。」

米納斯的示警聲傳來，我立刻將槍口指向那邊。

「我不是你的敵人。」

伴隨著這句話出現的，是讓我真的直接扣下扳機的人。

米納斯的子彈將窗台後的斗篷男直接黏在原地。

外頭那兩個跟進來了嗎？還是這是第三個？我該怎麼做才可以把這傢伙踹出去，好保護學長他們？

就在我腦袋一片混亂時，斗篷男並沒有任何掙脫也沒有要攻擊我的動作，只慢慢將頭上的斗篷帽向後拉開。一看見對方的臉，我吃驚了。

出現在我面前的，是個夜妖精。

如果那黑嚕嚕的特徵和外表特徵是眞的，應該是夜妖精沒錯，不過體型比沉默森林的高大許多，比較像霜丘的那一種。

「我爲渡鴉口夜妖精、力斧。吾族聽聞妖師一族回歸世界，相當欣喜，族長特別派遣我來迎接妖師一族；渡鴉口夜妖精將會成爲您的戰力，爲您抹殺所有擋在道路前的白色種族。」新報到的夜妖精畢恭畢敬地說道：「您不須再委屈自己待在白色種族的世界，我等黑暗一族即使用血鋪路，也會殺盡那些僞善的白。」

「等……等等，給我等等。」我按著頭，用兩秒認眞思考到底還有多少夜妖精會像這樣衝出來，回去後我得好好問問然這件事，如果還有很多，以後我出學校要戴面具。轉過頭看著依然黏在原地的斗篷夜妖精，我吸了口氣，「別想趁亂騙我，你身上那件衣服是黑暗同盟的。」

「是，渡鴉口已加入黑暗同盟，在漫長歲月中，唯有黑暗同盟願意庇護我們，使我們不被白色種族滅族，得以存活至今。」夜妖精冰冷說道：「身爲黑暗同盟的一員，我能向您保證妖師一族的安全無虞，且能很快取回世界擁有權。爲了表示我的誠意，我將跟隨您的左右，只要您有任何需要，我都將爲您辦到，即使取走性命，也不會有一字怨言。」

……

……我靠！又一個黑小雞！而且還是加入恐怖組織的大黑小雞。

「我是絕對不會和黑暗同盟扯上關係，還有我也不用誰跟隨我，有一個就夠煩了。」如果變成哈維恩×2，我真的會被煩死！

「您是指沉默森林那些廢物嗎？」夜妖精冷冷一笑，露出輕視表情，「那些廢物不過順應潮流，毫無作爲地屈服在白色世界苟延殘喘，無任何尊嚴活著，要他們何用。」

你當心會被黑小雞砍。

我看著這大隻的夜妖精，因爲型態和霜丘那個稍微重疊了，反而讓人拿不出一點信任，更別說他是個黑暗同盟，他同伴剛剛還想在海面上殺我們！

還有，他這樣講沉默森林和黑小雞，我不知爲何一肚子火，不管如何，沉默森林安安靜靜、不影響世界地生存下去，已經非常努力了，旁人根本沒有資格批評他們的生活方式。

「請您盡快下決心，只要您一點頭，我等同盟在綠海灣所有伏兵將傾巢而出，血祭整個綠海灣作爲開戰狼煙，讓這些白色種族付出千年代價。」夜妖精動了下，大概是想朝我這裡走過來，但他一抬腳就發現黏膠依舊黏，就裝作他好像只是活動筋骨一樣地放回去。

「我拒絕。」我抬起手，在扣扳機之前多奉送他幾句：「還有，不准你批評沉默森林，他們直屬我妖師手下，你又算什麼東西。」

語畢，藍色的子彈從米納斯槍口中射出，強烈水流直接把夜妖精從窗台撞飛出去，狠狠將他掃進水裡，和那些卡在水底的人體黏在一起。

收回米納斯，我轉過身，猛然看見萊恩站在門口。

萊恩看看我，對於夜妖精的事什麼也沒說、也有可能他剛來沒看見。他想想，開口：「歲要過來一趟，走吧。」

有點遲疑他的反應，不過我還是跟了上去。

※

回到房間沒多久，千冬歲已經到達。一開始他還很奇怪爲什麼要把學長給打包，但他打開結之後，立刻又把結給打回去，我想他應該知道原因了。

千冬歲把頭轉回來，臉上有點可疑的紅，然後咳了兩聲，「我們先幫式青解開封印，剛才我哥的方法我都記下來了，他還讓我帶了一些他預先儲存的術法，解完之後再移動。」說著，他好像想回避什麼，馬上跑去幫色馬解封印。

才剛一下手，船突然一陣巨震，向右傾斜得非常嚴重。站在後面的萊恩拉住我，我才沒重心不穩滾到旁邊去。

從陽台看出去，看見船正在強力通過某個術法……應該是正要回到原本的綠海灣海域，黑紅色的陣法就像鱗片一樣不斷往外剝離，接著一點一點碎散在空氣之中。

一個推力猛地從後方衝擊船隻，又把我們撞得一個踉蹌，整艘船以相當大的衝力直接撞出海面，刷開大量海水與網狀般的各種法陣，相當有魄力地用船首指天方式直接竄出水面。被沖得漫天飛舞的海水迎著亮光，像雨一樣發著光傾瀉而下。

「……咦！」看清楚陽台外的景象之後，千冬歲發出吃驚的聲音。

不用問他，因爲很快我也看見了——原本大家以爲應該要消散的壓抑控術上竟然有人取代了原先夏碎學長的位置，而且還是我們很熟悉的人。

「哈維恩？」我愣愣地看著雙色法陣中的黑小雞，完全沒預料到會是他跑來支撐陣法。那個空間一直沒有崩塌或是危險，幾乎算得上是哈維恩的功勞。

「夠了！快離開那個地方！」不知爲何，千冬歲比我還著急，拉大嗓門朝陽台外直喊。

因爲他太緊張了，讓我直覺不對，連忙衝出陽台往黑小雞的方向嚷：「哈維恩，回來！」

聽見我的聲音，哈維恩像鬆了口氣，但並沒有依照我的命令往船這邊過來，而是整個突然一個停滯，直直往海的方向掉落。

那瞬間我眞的差點跳海，不過有人跳得比我快。用不了多久，一個「蒼」打扮的人就從海裡把哈維恩拉出來，扯著往我們這邊游，很快地帶著人跳上陽台，接著才恭敬地退到一邊。

連忙把黑小雞拉進室內，我發現他幾乎失去意識了，全身都在發熱，溫度很高，癱軟著完全沒有力氣，就這樣被我一路拉進來沒任何抵抗。

「發生什麼事了？」我拍拍哈維恩，他還是沒有反應，我只好看向那名「蒼」。

在千冬歲點頭後，「蒼」才用低沉的聲音向我們簡單報告：「抵達古渡口時，排除了一些黑暗同盟，因爲夜妖精發現控術開始崩解，便要我們聯手繼續驅動壓抑古渡口的術法，而他前來鎮壓古代術法。」

「黑暗種族擅自動用我們的術法很危險，先把他帶回我哥那邊，喵喵或許可以幫忙。」差不多解除色馬身上的封印後，千冬歲站起身，旁邊的萊恩走過去，一把扛起巨大的馬軀。「不良少年，你是不會幫忙嗎？」

「大爺還不用你來指揮！」五色雞頭罵了句，就走到我這邊幫忙扛起哈維恩。

我匆匆忙忙跑到床邊，將打包的學長也抱起來……相當輕，幾乎沒用到什麼力氣。

接著，千冬歲打開移動術法，眨眼間我們已回到原先那間治療房。這時喵喵和小亭似乎已經進行到第二階段，摔倒王子和阿斯利安的氣色都好很多，兩人身上的傷口已好了大半，摔倒王子甚至可以起來走動。

夏碎學長看見哈維恩的樣子也有點驚訝，讓五色雞頭先把對方放在躺椅上擺好。

「他可能多少被法術逆傷了，不擅長卻硬控制這類術法很危險……幸好只是輕微受創。」夏碎學長仔細檢查哈維恩的狀況，說道：「等等我將那些逆流的力量清除後，應該就會好很多。」說著，他順勢走過去看學長，打開布包時，沒像我們一樣瞬間綁回去，不過我注意到他的眼底好像閃過一抹安心。

回頭看著哈維恩，之前那些罪惡感又浮出來。早知道，還是應該給他下能夠保護自己的簡單指令。想也不用想就知道他一定是顧及我們還在裡面，知道控術崩塌會很危險，所以才冒險來取代。

千冬歲走回去繼續幫忙治療其他人，沒能幫上任何事情的我只好默默站到一邊，這時候突然瞄到外面那些海面、海中的術法正在以一種緩慢但有規律的速度逐漸消失，而且消失的範圍還是以我們這艘船爲中心，逐漸往外擴去。

「戰牙現在正在回收外逸的失控法術。」

再次出現的薇莎揹著雙手走進來，「不過範圍很大，得花點時間；另外封印術法要解除需要更久，最起碼得停留兩個晚上，這裡有人可以應付奇歐妖精的嗎？綠海灣的海軍已經往這邊包圍了，可能要有人去做個合理解釋，不然我們只能開船硬闖了！」

壓根沒想到要好好交涉的女孩愉快地提出要不得的選項。

所有人很一致地往摔倒王子看去。

摔倒王子露出一個不爽的表情，讓喵喵他們先中止治療，接著往外走。我看他抬起手，空氣中凝出一隻白色老鷹停在他的手臂上。接著他用我聽不懂的語言對那隻白鷹交代了些話，白鷹很快就往軍艦飛去。

沒多久，綠海灣的海軍艦隊解散包圍，一一向後退開。

白鷹回來後還順便帶了些事。

「綠海灣會準備一座軍用港口，將船停到那裡。另外我也讓人準備好行宮，隨時可以前往。」摔倒王子散去白鷹，將白鷹帶回來的一塊金屬牌子交給薇莎，「這是船隻停泊證明。」

薇莎吹了記口哨，「好硬的來頭。」

「……他是奇歐妖精的王子。」我只好為她介紹一下這尊貴的王子殿下。

「竟然！太厲害了！以後我們來綠海灣有沒有折扣呀？或是其他奇歐妖精的領地？沒想到隨便撿都可以撿到王子，眞是太幸運了！」好像看到什麼偶像的平民百姓，薇莎整個眼睛閃閃發光。

說眞的，這裡還有另外一位王子，和兩個古老家族的繼承人。

但這個還是別隨意告訴她，畢竟我也不清楚她的背景有多深。

不過看見薇莎，倒讓我想起來一件事。

「我們還有個朋友在之前的小船裡，他現在還在嗎？」因爲一直沒看到好補學弟，我想說他會不會就這樣插在小船裡不出來。

「喔啊，他已經離開小船了喔，剛才就往這上來了，好像想要往這裡前進，不過走到一半踏中陷阱，正在某個樓層裡面掙扎。」薇莎笑嘻嘻地告訴我：「但他都沿著你們經過的方向走呢，一點也沒走錯，難道他其實很厲害嗎？」

厲不厲害我是不知道，但我有百分之一百五可以確定他是追著我的味道來的……呸呸呸！才不是我的味道，是那個追蹤人參香。

那鬼參味居然能停留這麼久，該不會我到高中畢業都還擺脫不了這味道吧？

正想著晚一點問問喵喵幫我弄掉味道，我注意到摔倒王子一直盯著薇莎看。

「你旁邊就有小美女喔，爲什麼要這樣看著我？」薇莎也發現摔倒王子的目光了，還做出害羞的扭捏。

摔倒王子用看白痴的眼神盯著對方，然後冰冷地說：「雖然事情已經從其他人那邊得知，但有些事我也知道，就算你們是古船後裔、沉船專家，光憑兩個人要在這麼短的時間裡重啓這艘船，以及開動，是不可能的事。你們究竟是誰？」

他在說這些話的同時，手上已經捏著隨時可以爆破的力量。

薇莎挑起眉，勾起笑，「你們也是才幾個人就要來重啓船喔，人數也不多。」

「我們這裡有能夠突破精靈法術的人——這艘船所有基礎都是精靈力量，難不成你們也是嗎？」摔倒王子冷冷哼了聲。

「當然不是，如果有精靈法術就好辦多了，可惜我和鯨都沒學過，只能用水精石來啓動和修補呢。」薇莎歪著頭，好像也不生氣摔倒王子的質問，「你們應該已經猜到了，我們正是這艘船的後裔，鯨是六代船長的後裔，我是五代觀察員的後裔。戰牙幽鬼所有船員離開之後，全員隱藏起來，代代教導船上的術法，雖然這麼說，但到我們這時候其實也已經遺失很多資料，鯨也只知道用水精石修補重啓和簡單的航行方式。老實說，之前我們也是說大話而已，這船現在整個狀態還亂七八糟呢，如果有人要強行攻破，很容易被攻進的。」

「那剛剛幹嘛不老實講……」我有點無言，這樣應該要快點讓船進港接受保護吧！

「因爲他是黑袍啊。」薇莎給了我一個很想揍人的答案。

意思就是沒黑袍，他們兩個就打算打腫臉充胖子勉強把船開走是吧？

「雖然還有很多問題想問兩位，但我們果然還是得先注意『強行攻破』這個部分呢。」夏碎學長微笑著提醒我們外面的變化。

往外看去，空中已浮現好幾名斗篷人，數量大概有七、八人，先前攻擊我們那兩個也在裡面，不過我沒有看見夜妖精，很可能還在那個空間裡。

說起來，他能出來吧？

「別發愣。」萊恩拍了我肩膀，「做好背後防護。」

下一秒，萊恩和五色雞頭翻出船外，各自做好迎戰準備，「蒼」小隊也快速環繞在船外，動作整齊一致地擺好隊陣。

拍拍米納斯和老頭公，我吸口氣，塡充水和風的子彈往周圍開了幾槍，米納斯立即建起數道防壁。眞心地說，尼羅這些符咒眞不是蓋的，法術形成的速度很快，能讓米納斯隨心所欲地應用。

回去後，眞的應該好好向尼羅他們學習。

斗篷人並沒有在第一時間朝我們發動攻擊。

我看著那些人，他們只是各自踩著法陣，居高臨下看著我們這邊，他們身後的天空逐漸暗下來，好像有什麼遮蔽了天空，變得厚重的雲層轉出逆向漩渦，拉出了不友善的灰暗顏色。

「看來會召出魔獸，你們得注意。」夏碎學長因爲被千冬歲阻擋，只能站在船內提醒我們，「這力量感，恐怕是高級魔獸。」

「這可就有意思了。」薇莎摩擦著手掌，一副躍躍欲試的表情。

「哼，如果不是要幫忙，這些東西我和萊恩就夠了。」正在協助治療和排除黑小雞身上影響的千冬歲有點不以爲然。

「喵喵也好想打喔～有魔獸耶！不知道會是哪種的，之前醫療班負責幻獸的治療士才說有看見罕見的，要幫他們拖一點回去，好想要特別的喔。」喵喵很期待地看著漩渦雲，巴不得裡面像轉蛋機一樣掉出限量版。

「如果很罕見，情報班倒是也會想要。」千冬歲開始往紅袍方向思考。「作爲數據分析，能夠建立更多資料庫。」

「不行不行，喵喵先訂的！是醫療班的。」喵喵立刻幫藍袍爭取。

「那就劈成一半，一人拿一份不就得了。」薇莎很歡樂地幫他們提出解決辦法。

「不行。」

「不行！」

喵喵和千冬歲立刻異口同聲反對，「砍掉就沒有活性了，研究會打折扣。」

「囉嗦什麼！」摔倒王子不耐煩地霍然起身，打算走出來炸掉所有襲擊者。

「不是說不能亂動嗎！」喵喵一爪子又往摔倒王子臉上擰，「還在治療，不可以亂跑，不可以不聽醫療班的話，不然以後都讓你剩一口氣才治療！」

摔倒王子臉色鐵青地坐回去。

我看著船內緊張感驟減的一群人，默默把頭轉回去，避免氣氛太輕鬆害我也跟著輕敵。

您果然還是冥頑不靈嗎？

斗篷男的聲音再度出現在我腦子裡。

那麼，即使不擇手段我們也必須將您帶回。

轟然一聲巨響，整個漩渦雲像龍捲風一樣往下拉長，直接捲入海裡，附近幾艘來不及走避的船隻跟著被拉進海中，隨後噴出大量碎片。

從漩渦中緩緩出現密密麻麻的暗色鱗片，規模十分巨大，遠遠看都覺得鱗片比我整個人還大。綠海灣方向發出刺耳的警報聲，不知道是不是摔倒王子先前的指示，原先彼此敵對的海軍、海盜船竟然往同個港口方向撤退，而且海軍還掩護那些船。

「要比大小是嗎！」五色雞頭看著漩渦裡即將出場的龐然大物，一臉想要變大衝過去。

我從後面抓住五色雞頭的衣服，沒讓他在第一時間跳出去拓展人生路，「還有那些黑暗同盟，你當心被妖道角扯後腿。」

「什麼！怕那些七彩電燈桿怎麼可以當世界之王！」五色雞頭顯然不能理解我的苦心。

「漾漾說的沒錯，那些黑暗同盟不能小看。」萊恩很平靜地接上我們的對話。「我們不擅長術，會吃虧。」

「大爺才不管那些！人生障礙就是拿來輾平的！縮頭縮尾的不要來道上混。」說著，五色雞頭撥開我的手，然後往他的海上路撲出去。

黑暗同盟的斗篷隊當然不可能就這樣讓五色雞頭撲擊，幾個黑色法陣快速打開，立即攔截五色雞頭，而且還將他困在海面上，幾張陣形翻側或直立，將五色雞頭包裹在裡面，形成術法牢籠。

先前他們想用在夏碎學長身上的好像就是類似這樣的法術。

「殺手家族果然沒有腦。」

我身後傳來超不悅的低哼，一絲熱流擦過我臉邊，幾道熱浪閃雷般地奔出，直接炸開五色雞頭周邊將要形成的攻擊。

同一時間，漩渦雲往四面八方炸散開來，搖晃著長頸的三顆巨蛇腦袋正用血紅色的眼睛往我們這邊直勾勾地瞪，帶來讓人窒息的壓迫感。

那三顆腦袋依照老梗慣例，長得完全不同。最右邊的吐出黑色蛇信，頸部至首都是黑紅的顏色，斑斑駁駁的鱗片上有著密密麻麻的疙瘩，後頸則長出像是亂長的幾絲黑色粗毛，還不斷散發染黑空氣的毒素，看起來讓人不太舒服。

中間的則是棕紅色，鱗片比較光滑，不過閃爍著讓人不安的暗青色，蛇頭擺動時，蛇的口中會傳出奇怪的嘶嘶聲音。最左邊的腦袋則是有點像龍的模樣，不過沒有角，顏色同樣是暗紅色，但沒有奇怪的粗毛，取而代之的是一層又一層像魚鰭般的薄膜包裹在蛇頸，隨著蛇發出恫嚇聲響，那些膜就會跟著拚命翻動，看著有點噁心。

巨蛇長頸後的身體不是一般蛇類的細長身體，而是像西方龍一樣擁有龐大的軀體和布滿鱗片的黑色翅膀，雙翅展開幾乎遮蔽大半天空與光線，海面整個暗下。

或許是剛被召喚下來，三頭蛇似乎沒立時反應過來，也可能是因爲這裡和魔獸居住的環境不同，所以牠正在先行散發各種毒素，暫時沒有移動。

透過米納斯，我好像可以聽見海中生物傳來的慘叫，來不及逃走的生物，以及剛才被捲入船隻中的船員，最後的哀鳴消失在水中。

其實海下還有著大量法術，我剛剛出來時也已經開了幾槍在海上做隔離，可是對這三頭蛇完全沒有效果，這種魔獸似乎能直接破壞法術。

再度開了幾槍，我讓米納斯控水，盡快將海中那些無辜的生物移到其他海域。同時我也不覺得我們三個人可以消滅這蛇，這種魔物壓根沒應付過，搞不好還沒有接近，就先被牠的毒給噴死。

「我還是第一次親眼看見活生生的三食蛇。」就在我急著想要想出有用的方法，有人自後方拍了下我的肩膀；我抬起頭，看見持著軍刀的紫袍對我微笑，讓我往後退開。「這就交給我們吧，三食蛇不是學生能夠應付的對象。」

「傷重就好好休息！」摔倒王子不悅地看著和他並肩的紫袍。

「無論如何，這種場面，就算是再怎樣無用的袍級，也還是要盡一份力吧。」阿斯利安語氣淡淡地回答摔倒王子，後者整張臉氣結，馬上閉嘴。

「眞是！說過要聽醫療班的話啦！」喵喵一邊跳腳傷患的不安分，一邊戴上夕飛爪，「這樣常常給醫療班增加工作是不行的！」

「雖然很抱歉，但我們的袍級尊嚴可不允許我們在還有餘力時，讓人擋在我們前面。」踏出陽台的夏碎學長看了眼追出來的千冬歲，有些歉然地微笑，不過也很堅定地抽出鐵鞭。「無論如何，我們都是爲了保護才穿上這身衣服。」

「是啊，黑暗同盟都這麼盛大招待了，也該好好回報。要不然在戰牙上面受到熱情歡迎，沒回禮就太失禮了。」阿斯利安將軍刀指向敵人，暴風開始捲繞刀尖。

千冬歲好像很不樂意地嘖了聲，但估計也知道他哥不會按照他說的話做，只好抽出面具往臉上一掛，甩出長弓瞬間出現在萊恩身邊。

他們倆這時也還是穿著便服，沒有像之前出任務拉出袍服。

「壞蛋要吃掉吃掉~通通吃掉！」小亭哼著快樂的歌，往上一蹦，拉出翅膀變成金眼烏鴉往高空飛去。

薇莎吹了記口哨，好像很高興可以看見公會的人大展身手。

一個吸鼻涕的聲音在我腦中響起。這次不是斗篷男的聲音，但也是另一種我其實不太想聽到的聲音。

「好棒喔，一醒來就看見身邊通通都是美人，好想左邊抱一個右邊抱一個，然後身體再靠一個～」

我覺得不用回頭，也可以看見正在吸鼻血的色馬痴痴地望著所有人的背影流口水。

這傢伙壓根可以不用清醒！

他清醒會讓我很困擾啊！

正想返回房間朝色馬來兩槍讓他繼續維持討喜的安靜，一抹黑色影子自我身邊走過，然後恭恭敬敬地半跪在我面前，夜妖精堅定地看著我。

「請授予我命令，殲滅敵襲。」

第十話　落單的目標

我看著哈維恩，一時之間下達不了那種命令。

吞了吞口水，最終只說：「盡力就好，反正要安全回來。」

哈維恩可能有點不太滿意這個指令，比起身上的傷勢，他好像更想去大屠殺，不過還是一點頭，「遵命。」

但三食蛇這名字怎麼感覺有點虛？

這種龐大的魔獸好像應該要有雄壯威武一點的名字吧。像什麼滅界蛇還是三王蛇之類的，感覺聽起來比較壞。

叫三食蛇等於很快就會成為砲灰啊。

「會叫這名字是因爲魔物三食過白色種族的聖地。」好像看出來我在想什麼，哈維恩就算身體帶傷，還是不忘記冷諷我一下，「一塊精靈族、兩塊妖精族，連裡面的生物也一起吃了。我建議您回去之後得多補充課外知識，將來外出相當有用，至少在遠處看見危險時就可以立即逃走。」

「……」我無言以對，他說的還眞對。

「既然人數夠的話，那我們就可以開大型遣返法術，直接將三食蛇送回魔界。」夏碎學長抽出符咒，戴上自己的面具，說道：「正好援兵也來了，就不用顧忌黑暗同盟的人扯後腿。」

援兵？

我才剛想說該不會還有第二支「蒼」的隊伍，一道光柱直接刺穿覆蓋的滿天黑雲，像是雷閃急速拉大降落，最終插進三食蛇周邊海域，發出好像連地面都會震動的沉重「噹」一聲。眨眼又是十幾支光柱急速射下，同時打散大量黑雲漩渦；失去遮蔽物，落下的光照射在巨大魔獸身上，引起震耳咆哮聲。

背對著光，在空中張開的是兩雙潔白的翅膀，其中一個人非常眼熟，就是那名帶我們經過綠海灣守衛的紫袍。現在他身上穿著正式袍服；與他一起展開雙翅的是名女性白袍，兩人面孔極爲相似，髮色、瞳色也一致，額頭上都出現一模一樣的小印記。

兩名袍級手上握著短棍般大小的光，動作相同地朝下方用力射出時，短光高速變大拉長，就成了剛才那種光柱，眨眼在三食蛇身邊釘出一圈光柱牢籠，封住三食蛇的行動力，也壓縮了牠會造成的傷害範圍。

「雙生的木之天使，天華樹與華迴天。」夏碎學長看著在高空中旋舞的天使們，輕聲爲我介紹。

……

木之天使？

我怎麼記得學校裡有個黑袍也是木之天使？

「安因早期的傷害令他無法長時間回天使那邊，只能在學院定居；這兩位似乎是追著他來的，詳細的狀況我也不太清楚。」夏碎學長把視線放回受困的魔獸上，然後啓動符咒開始吟唸歌謠。

黑暗同盟的斗篷人當然不可能掛在那邊當ＮＰＣ，已陸續展開攻擊，不過大部分都被「蒼」給擋住，看來他們仍有餘力可以應付這些斗篷人。千冬歲和萊恩相互點了頭，立即衝進斗篷人裡，衝潰那些人張開的包圍網，往魔獸方向竄身躍進。

「那隻是大爺的！」五色雞頭掙脫法術，跟著衝出去。

因爲他們離開船體的速度太快了，我好像有聽到他們又起爭執，但不知道在吵什麼，然後就消失在有些距離的三食蛇周圍，身影完全被吐出的毒霧和盤繞在牠身上的黑雲覆蓋。左邊的蛇開始吐出某種黑暗，試圖填補天空的黑雲；而中間則開始吐出爲數不少的奇怪小魔物，那些魔物有各種型態，動物或人形，一落到海面立刻蹦跳起來，胡亂往我們這邊攻擊。

小魔物群的襲擊很快就被爆炸給終止，許多魔物當場爆開，也有被周圍爆炸給捲進去扯斷手腳的，踏在空中的摔倒王子居高臨下，用不屑的目光看著那些異界生物，然後引爆更多蛇吐出來的怪東西。

「暴風招來。」阿斯利安一轉軍刀，更多風壓縮到他的刀上，空氣逐漸在那顆壓縮風球出現扭曲，「災厄之風。」

颶風並沒有像之前一樣狂捲出去，而是整個綳緊拉成一條線，切破空氣削開吐黑暗那隻蛇的半個腦袋。但蛇並沒有因此掛掉，只是停止吐黑暗，身體活性還在，蛇頭不斷扭動掙扎著，並開始生出新的肉包覆傷口，慢慢長了回來。

「幸好剛才保留一發。」喵喵平空拿出剛才那支砲管，往裡面塞了很多東西……我說妳不怕等等爆管嗎！

塞完東西，喵喵往三食蛇的方向開砲，就像之前一樣發出轟隆巨響，接著三食蛇的腦袋上璀璨絢爛地炸出各式各樣的花火，噴出的刺眼強光把三食蛇又是炸得不斷咆哮，三條長頸奮力扭動想要避開沒完沒了的火樹銀花。

煙火漸漸中和毒素、濾淨空氣。

被阿斯利安削開腦袋的大蛇突然又抽動身體，帶著黑暗腥血的半張嘴巴猛地張得更大，大得直接裂開；不知道什麼時候已經攀上蛇頂的萊恩揮舞著紅色雙刀，斬開還想重生的蛇腦袋，接著一翻身，動作敏捷地躲開另一顆蛇頭的攻擊，還順便將雙刀甩到蛇的雙眼裡。燃燒的火紅刀將那條蛇插得狂吼，完全失去視力。自刀中奔出的烈焰貌似有自己的意識，插瞎蛇還不夠，火焰熊熊燒開，將蛇的眼睛狠狠燒成兩個窟窿。

萊恩順勢一轉身，平空又拉出兩柄白色的刀，這次甩出狂風，就像阿斯利安剛才的攻擊，也是削出風刃，但沒有阿斯利安那麼強，卻也在蛇頭上割出了十多道深可見骨的傷口。

將白刀插進最後一道傷口，萊恩最後甩出我沒見過的玄鐵色重刀，落在三食蛇身上時，他將重刀二轉合併，狠狠朝蛇身插上一刀，力量大得把巨蛇帶得重心一偏，整隻撞在光牢籠上，被強光燙得拚命嘶吼甩頭。

大概幾秒後，我看到五色雞頭從三食蛇身側跳出來，爪子上都是黑色的血，大概不知道在分解身體的哪部分。他冒出來就衝著萊恩不知道在嚷嚷什麼，好像是叫萊恩不准把蛇剁掉。

就在五色雞頭單方面拉著萊恩吵起來時，三食蛇的正上方張開了超級大的金色陣法，盤旋的兩名天使側開身體，讓空中的千冬歲將法術定位好。

金色法陣主體由圖案構成，文字意外地很少。主圖案我覺得看起來好像是東方龍的形狀，栩栩如生，好像那頭龍也會衝出陣法變成眞正存在的個體。

同時，我們船這邊也展開相同的金色大術法，夏碎學長專心撥動上面的圖紋，與三食蛇上方的千冬歲建立連結。就在夏碎學長致力於大術無暇分心之際，左右突然各閃出一名斗篷人，兩人動作一致地往夏碎學長身上揮刀，但刀鋒都還沒割開保護結界，右方被薇莎一拳揍出去，飛往大老遠成爲一顆星；左方的則是發出悶哼，被哈維恩一刀戳穿背脊，然後甩進水裡。

我往襲擊者身上補了好幾槍，打算讓他們隨便黏在某個地方，暫時封住行動力。

「褚，用我之前給你的符咒，裡面有張能放大力量的青色符。」夏碎學長分心看了我一眼。

連忙從背包裡翻出之前夏碎學長塞給我的那幾張符紙，裡面果然有一張青色的，上頭寫滿看不懂的文字。我握著符咒，認眞用力量引導，過了一會兒，手中就有握住子彈的感覺。

不錯，這次滿順利的，至少沒有那天下午弄得久。

「將幻武兵器轉換，但不用像之前一樣拚全力，會受傷。」夏碎學長再度說道：「擊發在海面上就好，那些黑暗同盟再鬧下去，可能會傷到底下被封印住的船員，得先幫忙那些人。」

他是要我用剛才那種黏膠？

我看夏碎學長好像是認眞的，我二轉米納斯，握住來福槍，將青色子彈放進槍內，可以感覺到米納斯正在轉換附加力量，槍上的裝飾圖案閃閃發亮。

「這個範圍，三發左右，之後塡裝冰系子彈。」

按照夏碎學長說的話，我先開了一槍，整個人被反作用力撞得往後退一步，不過沒有受什麼傷，跑回原位再射出剩下兩槍。三槍結束後，海上不管是那些魔獸還是來不及避開的斗篷人，都被大量黏膠給黏在原地。

被放大力量的黏膠竟然不只沾黏了海上的東西，還順著敵方的各種法術往上爬，直到把使用者也一併黏住才停止，還有人來不及把攻擊術法扔出去，就黏著一起爆炸。

抽出尼羅給的冰系子彈，我卡上膛，這次擊發後，黏膠帶著獵物瞬間結冰，動彈不得。

最恐怖的是，我看見那隻三食蛇的下半身也被黏膠和冰給固定了，傷口覆蓋一層黏膠冰，再也癒合不了。

我方的「蒼」應該是提前收到了提示，默契相當好地集體放棄對峙，在黏膠噴發之前已經全都回到船上，避開遭黏的可能。

「這力量進步得眞快。」阿斯利安將軍刀佩回腰上，「雖然使用了增強術法……不過好好控制，未來會不得了。」

「哼！低賤的黑暗種族也只有這種特長。」摔倒王子用鼻孔鄙視我。

因爲已經習慣看那對鼻孔了，我也就當作沒看到，把米納斯轉回一檔。二檔就算沒有盡力用，還是很耗力氣。

「卑微的白色種族也只敢用嘴說說。」哈維恩馬上惡犬型態哼回去。

「你──」

「王子殿下，請別在這種時候起爭執。」阿斯利安抬手擋住摔倒王子。

「哈維恩，你現在可以切換成迎賓狀態嗎。」雖然我很想看他們兩個去比誰的鼻孔抬得高，但在這種時間點大打出手，可能這艘傳說中的船會當場沉掉，接著我成爲千古罪人。

爲什麼是我呢，因爲燒聖地都能說是妖師燒的，古代戰船沉掉，肯定也會說是妖師鑿的，然後我又得去聽然的訓話了。

「尊敬的白色種族王子殿下，很高興看見您高貴的嘴皮依然健在，且運動良好。」

黑小雞切換了讓人更容易吐血的異常迎賓狀態。

摔倒王子幾乎都要撲上去把哈維恩掐死，不過阿斯利安還是擋住人。大概是顧忌阿斯利安身上的傷，摔倒王子沒有很強硬地硬闖，只是狠狠地又瞪了哈維恩一眼，才轉開頭繼續去清除遭沾黏的魔物。

已經無視我們的夏碎學長抬起手，將調整好的金色術法整個釋放出去，另一端相應的千冬歲也發動同樣的金術。

原本還在三食蛇身上的萊恩和五色雞頭各自掠上天空。被困在光柱裡的三食蛇拖著受傷嚴重的身體想要移動，不過上方的天華樹和華迴天又射下更多光柱，把三食蛇牢牢釘死，完全剝奪行動力。

金光覆蓋下來，而海面的橫掃上去。

被包裹的黑暗同盟與三食蛇都發出憤怒的聲音，最後結束在夏碎學長的一拍掌。清脆的聲音響起，金光用力向內收縮，接著往外噴散；強光過後，被裹在裡面的所有東西完全消失。

大海上就像什麼也沒有發生過，平靜下來。

❀

「哥，你沒事吧！」

千冬歲眨眼回到船上，手伸過去就想扶住有些站不穩的夏碎學長。

在被二度公主抱之前，夏碎學長動作飛速地直接靠在哈維恩身上，黑小雞反射性伸手把人攙著，穩穩扶好。

我是不知道黑小雞有沒有發現千冬歲眼裡的怨恨，總之我是發現了。

「都快點進來。」喵喵也幫忙攙扶阿斯利安，「一堆壞小孩，要好好聽醫療班的話啊！不然以後就把你們通通關著，讓你們做不了怪！」

幾秒後，萊恩和五色雞頭一前一後穿過陽台回到船內。

「四眼田雞他哥，本大爺的獵物呢！」沒打盡興的五色雞頭有點不爽。

「我將所有事物都遣返回魔界。」夏碎學長也不在意五色雞頭的沒禮貌，笑笑地回答：「雖然黑暗同盟可能與某些魔族有合作，但魔界勢力分裂且強大，不可能全都理會黑暗同盟；他們落下的地方有他們受的，一時半刻不會再來找麻煩。」

……也就是說你把黑暗同盟扔進去某某妖魔的領地啊？

總覺得黑暗同盟好像有點可憐。就我認識的妖魔和惡魔的殘虐度來說，那些黑暗同盟可能眞的會很可憐！

「安因大人的學生果然不一樣。」爽朗的聲音從陽台傳來，收起翅膀的天華樹走進來，「我和小花要開那麼大的遣返術得花不少工夫。」

被稱爲小花的華迴天可能是考慮到室內快要被擠爆了，就站在陽台外沒進來，纖細漂亮的雙手交疊在胸口前，非常有禮貌地朝我們一禮。

「只是預先把可能會用到的術法都預備儲存，並沒有什麼特別的厲害技巧。」夏碎學長也很有禮貌地回禮，然後說道：「多虧兩位的幫助。」

「什麼話，公會人員彼此幫忙是應該的，而且綠海灣之前也曾向公會請求協助，等等就會有人來二次淨化。」天華樹歪頭看我們一群人，「不過你們如果要繼續逃亡天涯，最好先快點藏起來，剛才那些手筆，公會應該已經鎖定目標，捕捉隊伍很可能正在路上。」

「先回我的行宮，公會還不敢明目張膽地動奇歐妖精王族住所。」摔倒王子重新提出他剛剛說過的落腳處。

說眞的，公會雖然不敢明目張膽，但公會是出了名會四處路過的，不引起警報路過一座行宮好像也不算什麼。

「確實得先找一處地方重新整備。」夏碎學長點點頭，同意立即往摔倒王子的行宮去。

夏碎學長沒意見，其他人也都沒話講。

「那我和鯨先把船開去停泊。」薇莎想想，從口袋裡拉出一條項鍊放到夏碎學長手上，「萬一你們眞的被抓，這個說不定可以幫點忙。」

「謝謝。」

決定好轉移處，因過半人員都急須治療，所以也就不繼續耽擱。

摔倒王子打開快速移送陣法，直接將所有人和他行宮的轉移點連接起來。

四周景物逐漸模糊，我猛然想起又忘記東西了。

好補學弟再度被忘在傳說中的戰船上。

很快地，我們被轉進一座相當大的大廳。

沒有想像中的富麗堂皇，應該說相差甚遠。

整座大廳使用類似大理石和花崗岩的材質，色調冰冷，牆面梁柱全都是精雕石刻，廳內沒有過多擺設，只有牆上的各種雕畫，隱隱給人冷酷嚴肅的感覺。

廳內已有幾名奇歐妖精在等待，一見我們到達，立即過來幫忙攙扶傷者，將所有人引導至行宮深處。經過了兩、三座花園和大型造景，最後我們被帶入一間大概有足球場那麼大的房間，大得讓我懷疑這裡應該不是房間，而是王家室內運動場。

但裡面有屏風、有超級大床，果然還是個房間。

人有錢真好！

那幾名奇歐妖精原本要恭迎摔倒王子去他自己的房間，但被摔倒王子拒絕了，說要暫時留在這邊，幾個奇歐妖精臉上出現訝異和奇妙的表情，接著立即退下去準備各種食物和藥物。

「這裡是以前我和戴洛用過的客房對吧。」阿斯利安在已經人形化的式青幫忙下，坐到一邊的靠椅，「我記得小時候和戴洛來過一次，這房間似乎完全沒變。」

一邊式青腦子裡完全不意外一直傳來各種不要臉的豆腐之聲……等等！腦傳音還在啊！在船上我都忘記這件事了，爲什麼腦傳音還在！

狠狠地往式青瞪過去，式青還給我嬌媚地一笑。

根本不知道我和式青正在腦內打吵，摔倒王子看著阿斯利安，點點頭，「只有你們住過。」

「你應該要多多和其他人接觸。」阿斯利安嘆了口氣。

不不不我覺得問題點應該不是和其他人接觸，摔倒王子臉上根本已經寫著「這就是你們兩兄弟專用的客房，所以沒有其他人用過」。

「囉嗦，休息！」摔倒王子罵了句，接著好像想到什麼，又補上一段：「不好好恢復，只會成爲絆腳石。」

說眞的，我很認眞覺得摔倒王子是打從心底到毛細孔在擔心阿斯利安，但他不加後面那句會死嗎！這幼稚行爲一點都沒變啊！完全就是小學生那個「最討厭妳了！醜女！」一樣的意思啊！

阿斯利安低了低頭，然後露出笑容，「我明白我的底限。」

「我不是這個意思……」摔倒王子急忙解釋，「你本來就不強，所以在船裡才會……」

一隻白嫩嫩的手伸過去，用力掐住摔倒王子的臉頰，迫使他住口。

「不可以欺負阿利，你也是傷患，乖乖過來治療。」三度扯住黑袍臉皮的喵喵直接把人給拉開，一邊扯還不忘一邊教訓，「要是把阿利弄哭怎麼辦，你要好好想想人家的心情啊，喵喵眞是搞不懂你們這些人，說好話不難啊！爲什麼就不能說讓人高興的好話呢。」

摔倒王子大概是想反駁，但又被掐住臉，面孔一整個扭曲。

「唉，小美人如果哭起來就好了，又是一番美景。」式青的感慨傳到我這邊，我一點都不客氣地往他小腿賞一腳。

幸好阿斯利安沒有太多情緒反應，就是苦笑了下，乖乖等待治療。

就在室內又安靜下來之際，我聞到一股很濃的參味，接著是附近地面打開了移動陣法。整根泡水參就出現在那裡。

「學長——————！」

那一秒，我第一個動作就是把式青往前推出去；完全不了解狀況的式青還以爲有什麼天眞純潔的小東西往他奔來。

砰的一聲巨響，傳說中珍稀的獨角獸就這樣飛出去，貼到足球場另外一邊牆壁上。

好補學弟跪在地上，旁邊是口吐白沫的式青。

罕見的獨角獸大概沒有想到有一天他會被罕見的人參精撞死。

我站在學弟前面，像是他媽一樣對他展開訓斥，「你如果以後再這樣衝撞人，就馬上給我回學校，看看你旁邊那個差點被你撞死了！他明明是個怎樣被女性圍毆都死不了的公害，你居然可以撞死他，你就知道殺傷力有多大了！」

式青抽搐了兩下，表示他還沒死，不過腦傳音整個空白，大概痛得腦子一片空白，連妄想都妄不出。

好補學弟含著一泡淚，立刻用力點頭，「對不起，以後我不會撞死人。」

「撞傷人也不行。」我瞇起眼。

「我不會撞傷人。」好補學弟趕緊增加一句。

對著他又訓了幾句話，我才讓也可以進行治療的好補學弟去找喵喵報到。畢竟他多少懂醫療，能幫得上忙最好，要不然只靠喵喵和千冬歲，會把他們累死。

就這樣，忙忙碌碌的，開始入夜了。

在客房內簡單吃過晚餐後，我走出客房，在外面的花園稍微走動。

這片花園雖然不大，但也有涼亭有造景，花都是我沒看過的漂亮品種，走走看看還是不錯的。

畢竟圍牆外仍有公會在搜捕，就算在行宮也不能掉以輕心。夏碎學長和其他幾人合力布下隔離結界，但很難保證會不會有公會的人闖進來，所以不能逛太遠。

難得來奇歐妖精的行宮，不能到處看看實在有點可惜，只好以後有機會再問看看能不能來，雖然有很大的機率王子會叫我滾。

「想事情嗎？」

轉過身，我看見阿斯利安走出來，他現在氣色好很多，也梳洗過，幾乎看不出來不久前曾遭遇那麼大的危險。

「……我害怕黑暗同盟。」看著阿斯利安，我實在說不出謊話。被萊恩那樣說了一番話後，我突然想讓自己稍微輕鬆些，於是很老實地說：「他們吸收渡鴉口的夜妖精，我不知道他們到底想幹什麼。」夜妖精曾是妖師一族的手下，所以很難讓我視而不見，放他們自生自滅。

稍早我發了訊息給然報告這件事，可是然到現在還沒回我隻字片語。

「黑暗同盟的目的不外乎是恢復黑色種族對世界的掌控權，但歷史現在還是屬於白色種族，他們再怎樣行動，還是不敵世界歷史的運作。」阿斯利安頓了頓，表情有些遲疑，「只是會傷害到很多無辜生命，唉……」

跟著在心裡也嘆口氣，我就是不想波及到他人。

「我會請人調查渡鴉口的事，如果能讓夜妖精回到正軌就好了。」阿斯利安對於夜妖精加入黑暗同盟也感到憂慮，「這段時間裡，希望不要再出什麼意外。」

「嗯……」我點點頭。

「我已經向其他人問過這段時間的事，你們眞的是辛苦了。」阿斯利安伸出手，拍拍我的肩膀，「雖然事態並非我們原先預料，但讓你擔心了。」

「平安就好！」我偷學了萊恩那句話。

阿斯利安露出笑容。

「對了，我還有另外一件事。」裡面人多，我就不好意思打擾他們休息，「關於芬尼爾幣的。」

「你是說海妖歌嗎？」阿斯利安很快理解我的意思，「雖然那兩位朋友認爲沒什麼問題，但黑暗同盟既然想搶，該是有他的理由。」

「嗯嗯，所以我擔心他們整個纏上來。」這些黑暗同盟到底想來我們這裡拿多少東西？一想到這些，我就覺得煩躁。

「我們回來了，很多事情，就大家一起解決吧。」阿斯利安很體貼地說道：「例如你的五袍蹺課證明。」

沒想到喵喵竟然已經跟對方要了，我整個人呆掉，不知道該怎麼向阿斯利安解釋那一切都是誤會！別當真！

阿斯利安大概也沒打算欺負我，就是笑了笑，帶過話題。

正想和阿斯利安多聊兩句，客房那邊的喵喵已經走出來叫阿斯利安回去吃藥了。阿斯利安抱歉地朝我一笑，逕自先回客房。

今天晚上應該就是睡大通鋪了。

幸好那張床不小，就算全部人都排著睡也還有很大空間，更別說旁邊有一些躺椅可以使用。這行宮的人好像都沒骨頭，一間房裡竟然有那麼多躺椅，難道住久了都會變成章魚嗎？

掏出手機，依舊沒有收到任何消息。

對於渡鴉口，然沒有想法嗎？

他不在意夜妖精？

心情再度沉重了起來，我想想還是回房間好了，起碼喵喵他們都在，吵吵鬧鬧的比較不會讓我多想……只是會胃痛。

才走了兩步，迎面遇上的人讓我停下步伐。

「嗯？真巧。」夏碎學長笑了笑，「輪到哈維恩治療，可能得花上一些時間，要導出逆流到他身上的抑制術法，沒清理乾淨會讓他很不舒服。」

「他不會有事啦。」黑小雞根本還活蹦亂跳的，我完全相信他的生命力夠強可以扛過這關。剛才來行宮時，他甚至無視自己身上的傷勢和狀況，滿臉期盼地想要我再下點什麼指令。所以我對他說做得好，接著要他不准跟出來，專心接受治療。黑小雞就從得到稱讚的欣喜立刻掉回不能跟的掙扎地獄。「夏碎學長怎麼自己出來？千冬歲呢？」他竟然讓他哥一個人跑出來外面亂轉。

夏碎學長豎起手指放在嘴上，「千冬歲去公會取東西了，似乎情報班傳了什麼給他。」

啊對，千冬歲不是通緝犯，所以還可以自由進出。

「我也想走走，就在這花園裡面，不用擔心。」夏碎學長溫和地勾起笑，真的就開始在花園裡頭散步。

還眞的有點放心不下這人，我硬著頭皮跟上去，幸好夏碎學長沒有趕走我的意思，就讓我跟著。

走了一段路，他還眞的只是來逛花園，不時停下來看看裡面的花草，逛得很愜意。

「夏碎學長以前看過學長現在這樣嗎？」我跟著有點無聊，就隨便找話題。

「沒有，精靈型態挺驚人的，不是嗎。」夏碎學長似笑非笑地回我這句。

……搞不好之後遇到危險，可以考慮關門扔學長，敵襲就會遭遇美色誘惑ＨＰ銳減。

看著走在前方的背影，我不由自主再次開口：「夏碎學長不想回去，是因爲燄之谷的關係嗎？」

走在前面的人猛地停下腳步，接著傳來平靜的話語：「怎麼會有這種想法？」

我抓抓後頸，有點支吾，「就……我本來以爲夏碎學長找到學長就會回去了，但我覺得你好像不想回去。想想，在燄之谷時狼后曾找過你，是不是和那個有關？」

夏碎學長回過頭，勾起淡淡的笑容，「不，和燄之谷無關，當時他們只是告訴我一些事。打從一開始我就決定不回去。」

「咦？」我沒想到會聽到這個答案，愣了好幾秒，「可是你的傷……」

「我攜帶了足夠的藥物，現在靈芝草也能幫忙調整，我在外面的危險並沒有你們想像的大，所以不太須要擔心這部分問題。」夏碎學長說道：「是冰炎的問題，他已經快要超過原計時間，我不放心，想要跟著走完後面這一程。」

千冬歲如果聽到這個答案大概會整個人被青筋擠到爆炸，但是他又不能揍他哥。

「我並非不信任休狄殿下和阿斯利安，相反地，我很慶幸是他們出手幫忙。但是冰炎的身體狀況除了我和提爾以外，沒多少人明白，我只擔心時效會不會造成影響。」夏碎學長說著的同時，也顯露出擔憂。「所以我決定跟著走，這樣路上有什麼變化，我才可以幫助他。」

我覺得如果學長在天有靈，應該會反對夏碎學長的決定。

夏碎學長看了看我，微笑開口：「這是我的選擇，而我也能承擔。」

你弟的心大概不能承擔。

雖然千冬歲面對任何可怕的事情都能處變不驚，但面對他哥就會瞬間玻璃心。

正想要勸說一下夏碎學長，我突然發現他的表情變了，接著我注意到周圍陰影裡好像有什麼東西，不屬於我們這些人的另外一種氣息。

那氣息有點熟。

猛然驚覺那是恐怖組織的大黑小雞氣息時，黑影已從夏碎學長身後冒出，還用力制住人。

「放手！」我立刻揮出米納斯，對方卻把手掐在夏碎學長後頸，讓我不敢動作。

夜妖精發出冷笑，握在另一手上的刀慢慢劃進夏碎學長脖子裡，開始滲出血珠，「如果您要繼續執迷不悟，那就替這必死之人收屍。」

「什麼意思？」我握緊米納斯，想要找空隙開槍。

「那些妨礙您回歸的，都將被送進地獄。」夜妖精冷冷地說：「現在您只有一個選擇，如果答案不是我們要的，這人就是第一個祭品。」

「我——」

「褚，沒關係。」夏碎學長還是勾著笑。

「哼，掐斷你們這種瘦弱的種族也不用花太多力氣！」夜妖精收緊了手指，讓刀鋒下的鮮血冒出更多。

夏碎學長抬起手，制止我想衝過去的動作。「當時我就認爲可能還有一些黑暗同盟在，所以讓小亭一直在海上監視。」

「？」我不明白夏碎學長的意思，但到行宮之後的確一直沒看見小亭，我還以爲是夏碎學長收起來了。

「你們在打什麼主意！」夜妖精凶惡地打斷我們談話。

夏碎學長無視自己喉嚨上的威脅，只平靜地開口：「你難道沒發現自己被什麼跟上嗎？」

夜妖精還沒來得及切開夏碎學長的頸子，他們兩人之間直接炸出一大片黑色形體，不知道從哪冒出來的金眼烏鴉發出很大的尖叫聲，擠開了刀，還把夏碎學長護進翅膀裡。

就在短短眨眼瞬間，黑暗裡閃出個人，翻身一膝撞在入侵者臉上，將對方整個撞翻在地。暴起的黑小雞臉色超級恐怖，帶著一臉要殺人的凶狠表情按壓在比他還大隻的夜妖精身上，對方還沒開口，黑小雞直接就把短刀插進他肩膀上，狠狠往旁一拉，瞬間噴出大量血液。

「我所侍奉之主回來之後，我就嗅到他身上有夜妖精兄弟的氣息，你竟然想對我的主人出手嗎？」哈維恩幾乎咆哮地衝著夜妖精吼，「渡鴉口的夜妖精兄弟，你們背棄誓言，想要對妖師一族不利嗎！」

「沉默森林的垃圾！你們才是忘記使命，攀附在白色種族腳下！」渡鴉口夜妖精也不客氣地回吼。

「找死！」哈維恩抽出腰後長刀，高舉起刀刃，準備砍下夜妖精的腦袋。

「住手。」我打斷哈維恩的動作，黑小雞有點忿忿不平地往我投來一眼。我看看被壓制在地上的夜妖精，又看看黑小雞，「把他交給公會，黑暗同盟的事情就讓公會去問。」現在在這裡把這人殺了並沒有好處，而且我也不想要哈維恩殺他。

哈維恩往渡鴉口的同族臉上吐了口水，接著揮刀，不過不是砍對方的頭，而是插在他雙手雙腳的關節上，廢掉他的行動力。

渡鴉口的夜妖精用惡毒的目光狠狠瞪著哈維恩。

「你們這些沉默森林的野狗，等著，黑暗同盟將會血洗整個沉默森林！」

《特殊傳說Ⅱ恆遠之晝篇．卷三》完

番外．其三、守護

萊恩抬起頭，看著懸掛於神社周圍的盞盞燈籠搖晃在黑夜中。

用特殊顏料點綴在其上的龍形若隱若現地晃動著身軀，像是每盞燈內都有著正在舞動的龍，且姿態各異，沒有一盞重複，相當吸引視線。

撤掉力量，如果不是像他這樣用特定方式看，只會覺得看見普通燈籠，壓根見不到那些燈裡龍舞的熱鬧景象。

這是象徵現在聚集到此的許多人，那些來自各方的雪野家相關人員。

內祭開始前，這些人會點亮自己那盞燈，掛上神社，只有雪野家的人才知道怎麼分辨這些燈與懸掛者的身分，外人所看見的就只有燈籠緩緩隨風晃動的肅靜表象。

如果不是曾聽千冬歲提過，他也只能看見表象。

「以前戰時，擁有特殊力量的雪野家經常被襲擊或是要出戰，所以那些燈籠還有記錄重大關係者身分與現況的用途。如果人出事了就會熄滅，或是在上面出現標記，這樣遠方的其他人就知道該採取什麼方式處理，敵人攔截不到術法、也摸不清楚內部底細。」那時千冬歲很認眞地解釋了，「如果真的發生很嚴重的事，例如遭到侵蝕，有個方式就是當下立刻燒燬或破壞代表的燈籠，這樣我們潛伏在暗處的部隊會在第一時間趕去銷毀屍體，或是已經扭曲的產物。」

「現在已不是戰爭時代，所以這些燈籠一直保持完好，沒太多問題，只表示這些人有來參加重大會議而已；頂多就是有些互看不順眼的，遠遠瞄到，會避開與對方正面相對的情況。」

所以萊恩大致理解了這些燈的意義，也知道應該如何分辨千冬歲那一盞，在滿滿燈籠當中，他每次都是一眼就認出來。

「史凱爾少爺。」

萊恩從大量燈籠中回過神，面前已站了兩名戴著面具的少女，各自提著燈，同時開口發出完全一樣的合音：「少主已經等您很久了，請隨我們一起走。」

內祭時神社內有相當多陷阱，主要是爲了防止入侵者襲擊，如果不是像這樣有式神領路，就算是雪野家自己人也會被陷阱攔截。去年對外冬祭時陷阱較少，萊恩也看過有雪野家的旁系鬼鬼祟祟地被神社陷阱抓個正著，搞得一身狼狽，匆匆忙忙離開。

「少主請您在雪廳稍等一會兒。」

式神們將萊恩領進白色內廳，備妥茶水點心後，便恭恭敬敬地退出去。

看著小桌上的櫻花飯糰，萊恩也不客氣地拿了就咬。雪野家獨特的醃漬梅干配上香甜飽滿的飯粒，一直都是他來這邊很喜歡吃的點心，當然其他飯糰也很好吃，不過在雪野家最喜歡的就是這個，後來雪野家的管事只要知道他要來，就會自動幫他準備這些。

……雖然他們也不是一開始就這麼熟。

他認識千冬歲至今，發生了不少事。

首先，古老家族本身就是一個麻煩。

就和其他擁有悠久歷史的家族一樣，雪野一族內部也有相當多問題。即使是用血脈力量的完全來決定繼承人，龐大的雪野家族在漫長時間中，依舊衍生出不少覬覦本家的旁系分支，更別說本家近四代內才成立的神諭之所，在六界中大大增進了家族利益，光是這個產業的價值就已經足夠讓許多人願意付出性命橫奪。

在這個形勢下，目前算是雪野家唯一直承血脈的本家少主便呈現腹背受敵的狀況，不論是出錯讓人失望，或是正好趁了某些人的意，落下把柄和口實，都不是雪野當家樂於見到的——某些野心勃勃的親族很願意找千萬種理由來「指揮」繼承人，更甚者，推出次等力量人選來取而代之。畢竟神諭之所才成立很短暫的時間卻已獲得巨大成果，怎樣都令人眼紅；且只要坐上這個位子，還能擁有空前權力，在各種族中都說得上話。

出身於原世界的萊恩雖然沒有這種麻煩，但不難想像友人的壓力與重擔。

千冬歲從沒有在學校或朋友間提過這回事，也沒對人喊過一聲辛苦，幾乎不在人前示弱，所以很少人明白他有多用心維持自己想要的生活，大多數人都以為雪野家的少主就是個悠悠哉哉等著接位的孩子，甚至連他們周遭的一些學生也如此認為。

開始隨千冬歲回雪野家走動後，萊恩發現了雪野一族中微妙的氣氛，也聽見僕役們私下的談話——還滿多人經常若無其事地在他面前說著這些話，幾乎把他當透明人了，萊恩有點不解這些人是覺得讓他聽見也無所謂，還是真的不將他當一回事。總之，最惡劣的一次是他在偏廊等待雪野家例行性會議結束時發生的。

那時他和千冬歲才漸漸熟識，約莫是第三次進雪野家，他還在摸索怎麼和這位雪野家的少主用最佳方式相處。畢竟千冬歲實力很強，他也覺得與對方合作很愉快——雖然他們當時都還只是國中部的學生，不過他真的很喜歡這位有點囉嗦的朋友。

某房親戚三人走到他邊上的走廊轉角處，嘰嘰喳喳說了很多要想辦法拉攏、或者除掉年輕少主……諸如此類的話語，一點也沒有顧慮到對方只是個十來歲的孩子。

原本萊恩只靜靜地聽著，打算像之前一樣事後告訴千冬歲讓他自行處理家族事務，直到那三人開始口出惡言，吐出各種蔑視現任少主的話，還將雪野當家另一位妻子與長子的事情拿出來大肆嘲諷。

沒想太多，萊恩當下蓋好飯糰盒、甩出雙刀，眼也不眨地劈了那三個人，不過沒砍死，砍得剩一口氣讓雪野家善後，後來他就沒再見過這些人了。

那次之後，萊恩明白了友人其實是站在冰面上維持自己現在的生活。千冬歲既做好了家族該做的事，也努力在學校裡學習，認真和師長們抬槓。

所以千冬歲其實很珍惜周遭事物，即使是對高中後認識的那名殺手家族孩子也一樣。

如果真的不在意，千冬歲就不會把對方放在眼裡，這點萊恩還是知道的。他有那個耐心和對方吵，就表示他還是有留意著對方。

萊恩覺得那個羅耶伊亞家族的人應該也是。

相較之下，藥師寺家的鬥爭就沒有擁有巨大利益的神諭之所嚴重。

比起無謂的鬥爭，更多人想遠離本家血緣，年輕一輩大多想活著創造未來，所以旁系選擇的替身多是不傷及性命，在休養後能夠繼續其他任務，廣泛地接下工作。雖然如此，也還是有很多人認真地執行自己的任務，以生命換取未來，只是折了無數強者。而本家血脈，天生註定只能擇一，用盡生命與力量以換取被保護者一生平安。

每個人想要搶的，都是本家血脈，擁有最純粹的血脈就能夠得到最徹底的庇護。

千冬歲一直擔心他的兄長已經有所選擇。

那名藥師寺的少主與同年齡的學生走得非常近，且早已是搭檔關係。

冰與炎的殿下很強，非常強悍，讓搭檔的夏碎也以極速跟著變強，成了數一數二年紀輕輕就快速得到袍級的學生搭檔，還不斷向上攀爬。

至少他哥選擇的人很厲害，應該不會隨便用到替身。千冬歲有點沮喪地這樣在一邊說著。

不過萊恩知道友人還是寧願他的兄長誰也沒選，只要有機會就執拗地想讓人回雪野家，然後次次被拒。

萊恩對於冰與炎的殿下沒有意見，甚至挺崇拜對方，不過基於同伴的關係，當時還是國中生的他私下找上這名學長。

「夏碎決定的事，我無法插手。」

對方簡單直接回答他的疑問。

萊恩不太明白，不過很確定學長的立場是不干預藥師寺和雪野家的問題。

「夏碎他弟沒有你想的那麼脆弱，如果你想做他的搭檔，就好好地走在他身邊。」學長補上這段話給他。

當時還有點莫名其妙，不過某次因緣際會下看見那件紅袍，萊恩稍微了解了學長的意思。

對方不知何時拿到的紅袍讓萊恩有點驚訝，但他不打算問對方，只隱隱覺得千冬歲就是想更靠近某人，盡可能走著一樣的路。

也差不多是在這個時期，雪野家開始有人催促千冬歲回去履行少主的職責──擺在家中就近安定支持者們的心。

然而聽著各方召回請求的千冬歲只是冰冷冷地回覆：「我不回去，在這裡我也可以履行雪野家的任務，如果有誰不滿，就叫他自己帶種點來挑戰我。」

通常講完這些，千冬歲就會立刻切掉通訊，然後略帶抱怨地告訴在一邊等待的萊恩：「那些旁系親戚這幾年很積極想要以新血取代我，說我不在雪野家，搞不好連家裡有啥事都不知道，不斷煽動一些搖擺不定的傢伙們。」

萊恩看看對方的紅袍。

象徵情報班的袍服，說明了友人所知的肯定超過那些親戚預想的，搞不好千冬歲還把對方底細查個朝天……他還以為友人是想要把他哥查個遍才去考來的。

不……搞不好那也是目標之一。

萊恩想想，大概知道他該怎麼做了。

※

在那之後，他們進入國中三年級，即將迎接變動的到來。

這個時期開始，千冬歲身邊出現更多襲擊。最初只在校外，但後來逐漸肆無忌憚地往校內伸手。

同時也找上萊恩幾次，從那些人嘴裡聽見詆譭或收買話語時，他毫不留情直接在校內把那些人劈了。

「萊恩在學校裡下手很重呢。」當時還不同班的喵喵支著下頷，在一邊看著。

「侮辱者死。」萊恩甩開刀上的血珠，「如果敢對鳳凰族不敬，同樣。」他就是看不過這些別有居心的人，不好好盡自己的職責，反而想要耍手段奪取別人擁有的。

「咦，喵喵好高興喔。」喵喵捧著臉頰，露出甜甜的笑容，「喵喵也超喜歡你們的，要一直一直當好朋友喔，喵喵也會常常幫你搶飯糰的。」

萊恩點點頭。

沒多久，雪野家那些「親戚」發動了一次規模極大的攻擊。

那是萊恩和千冬歲某次的學校作業，原本只是簡單的採集樣品任務，要繳給植物學課程用於研究作業。就在要返回繳交任務時出現大量傭兵，還有早被設置好的陷阱。

「嘖嘖，他們眞的狗急跳牆了。」千冬歲推了推眼鏡，「雖然說想挑戰儘管來，不過……哼，敢來的就等著付出代價。」

千冬歲直接跳過找主謀這環節了。萊恩默默地想，然後抽出雙刀。

一切原本都很順利，就在他們拿下所有傭兵時，其中一人突然發出詭異的呼嘯聲，略帶陰沉的聲響帶出了黑暗氣息，那是每個白色種族所忌憚毒素的味道。

「鬼族？」

千冬歲看起來有點訝異。「家族內鬥竟然牽扯鬼族？」

萊恩則不管那些，反正動腦工作一向都是千冬歲喜歡做的事，他只要往前砍開阻礙就可以了——如果千冬歲能夠處理好所有動腦的事，相對地他只要成爲對方的刀就足夠了。

默契讓他們不用打太多招呼，一前一後動作準確無比地剷掉第一波來襲的雜鬼兵，這種探路般的消耗存在不用耗費太大心力，重點是之後出現的東西，藉此就能知道與傭兵合作的是哪一派的鬼王麾下。果不其然，掃蕩完最後一隻，空氣開始改變了。

四周帶著稍微腐敗的腥臭氣，千冬歲冷笑了聲：「景羅天惡鬼王的雜魚。」

「嗯？那個不是……」

「揍死還可以幫那位黑袍出點氣。」當時年紀很輕、還有點氣盛的千冬歲直接甩出火符。

萊恩立即取出朧火。

數秒後，一層淡淡紅光切開空氣，黑暗中出現了幾雙濁黃眼睛。臭味瀰漫開來，那是種鮮血乾涸後又重複疊上鮮血與生物脂肪、肉末，混合產生的發酵氣味，漸漸污染了附近的空氣。

聽見樹林裡生命傳來的各種哀嚎，千冬歲整張臉沉下來。

「歲，你去。」萊恩看了同伴一眼，「我拖延。」

他們沒有太多選擇，兩人都知道毒素擴散會造成什麼影響，所以千冬歲點頭，「我通報公會了，你別逞強。」

語畢，就用最快的速度進入森林中心布下守護。

說眞的，萊恩評估了下不斷傳來的力量感，覺得自己還眞的只能拖延。

從撕裂的空間中緩慢爬出的，是個下半身拖著蜈蚣軀體和大量節足的女人。比他大上兩、三倍的女人有著一身褐色鱗片的皮膚和細小毒蟲編織出來的頭髮，兩邊身側肋骨處有一排濁黃色眼睛，就是剛才他們看見的那些。

女人沒有臉孔，該有五官之處全都是疙瘩，只有鼻子的部位有兩個正在抽動的黑孔。如果說這種程度只是雜魚，恐怕自己該進步的空間相當龐大。

萊恩握緊刀柄，以最快速度出現在女人身後，朝她背脊狠狠劈下一刀。奇怪的是，女人並沒有閃避，甚至動也不動，就這樣吃了重刀。

半秒後他知道爲什麼了。

女人被劈開的後背翻綻出的皮肉間長出了許多尖銳牙齒，原本該飛濺出來的血肉組織成爲帶著倒勾的分岔舌頭，那條黑紅色舌頭像鞭子般朝萊恩脖子上甩來。

萊恩側身躲開舌頭，迅速向後避開，火焰雙刀順勢又往鬼族身側劃了一刀；與第一次相同，火焰並沒有燒灼傷口，那道傷口再度變成一張黑紅色嘴巴，從嘴內深處發出了成串像是混著水聲般的咕嚕冷笑。

「景羅天鬼王向你們問好。」

充滿惡意的話語從那些嘴巴發出，萊恩猛地向後跳開，拉出一段距離，但顯然不夠，他突然意識到時，女人的蜈蚣身體不知何時全都翻了起來，大量像是鐮刀般銳利的腳足遮天蓋地地往他包圍捲起。

同時，從森林那邊傳來巨大聲響，那頭肯定也出現什麼陷阱，他必須快點去幫忙千冬歲。倉促間，他斬斷了許多鐮足，但無法斬掉全部，只能做好可能會重傷的準備豁出去。

不過這些攻擊在第一次劇痛傳來同時停止。

黑色鐵鞭自那些節足空隙中以刁鑽的方式竄入，像蛇一般捲斷插進他腹部的腳足。

「走。」從縫隙闖入的紫袍瞬間甩斷所有鐮足，一手挾住萊恩，剎那間退出女人的攻擊範圍，還順手布下層層隔離結界，將女人封印在原處。

戴著面具的紫袍在安全處放下萊恩，又加固幾次結界，直到那個鬼族怎樣衝撞破壞，都無法從術法裡頭掙脫出來。

其實萊恩並沒有想到來援的袍級會是他們，前幾天才聽見千冬歲嘮嘮叨叨地說他們兩人晉升了黑袍和紫袍，已經成為公會裡最被看好的年輕組合，未來絕對不能小覷之類的話語。而且，千冬歲還是帶著旁人看起來覺得很自豪的表情說這些話，然後繼續向萊恩叨唸他們晉升之後的第一份工作完成得有多完美，講了一整天沒完沒了。

「辛苦了，這是高階鬼族，對現在的你們來說還有點吃力。」紫袍拿下面具，露出和千冬歲幾乎一樣的面孔，帶著抹淡淡的微笑，動作輕巧地替萊恩處理傷勢，「冰炎正在接手鎮壓所有毒素，裡面那些陷阱也都排除了，你的搭檔很安全，不用擔心。」

說著這話時，被封印的鬼族發出咆哮，萊恩注意到那些結界已啓動了遣返術法，強硬地將鬼族送回該去的地方。

他們的實力眞的很強。

明明自己連拖延都感到吃力，但眼前這人一到便能單獨擊退對手，而且速度還很快。

萊恩看著對方的笑臉，覺得有點悶，也覺得以己身程度還想保護千冬歲很丟臉，就算得到了許多幻武兵器，還是不具備相應的實力，想想就讓人沮喪。

紫袍大概是看出他的心情，勾起唇，笑得很溫柔，「別擔心，你會變強的。冰炎不是一開始就那麼強，我也不是，每個人最初時都一樣。所以你和我們一樣會變強，這個過程並沒有什麼好難爲情；我明白你一定會是並肩站在『他』身邊的人，在未來，你能夠成爲那把刀。」

「……誰？」萊恩愣了下，迎上對方的目光，突然聽懂他的意思，「可是你……」

紫袍豎起手指頭放在嘴唇前，無聲微笑。

事件就這麼落幕了。

雪野家那些別有居心的勢力直到被剷除的那天還不明白爲什麼千冬歲手上握有那麼多他們的底細——多得嚇人，所有往來勾結資料鉅細靡遺，連一點都沒有落下，甚至還收集了更多不利於他們的情報，完全控制了相關人員旗下產業與資金，壓得他們無法動彈。

千冬歲在國中最後一年一口氣拔除了盤據古老家族裡的幾大具有野心的勢力，把那些想要置他於死地的親戚驅逐出雪野家，流放到遙遠的冷地去。原本還有一些掌權者想要干涉千冬歲的做法，但全被千冬歲抓握到什麼把柄，就這麼安靜下來。

雪野家靜默無聲地進行了一次外界全然不知的大清洗，折斷腐敗老舊的枝葉，由雪野當家與少主開始培植年輕一代新血，徹底整頓內部，瓦解長年累積的內鬥，霸悍地鞏固了神諭之所未來百年所需的基礎。

畢業的同時，即使仍有些暗殺者，但在檯面上已完全沒有敢向千冬歲挑釁的親族了。

※

之後，他們進入高中部。

在那裡認識了新的同學——對於同學，萊恩一直抱持著可有可無的心態，合者就往來，不合者就隨意，所以他身邊也很少有人聚集。

應該說，經常都是其他人無視他的存在。

不過與先前就認識的喵喵同一班讓他有些高興，鳳凰族的人在工作上本就會有往來，喵喵又是直率的朋友，相處起來很輕鬆，而且還有許多稀罕的飯糰可以拿，各種方面來說她眞的是很好的朋友。

接著他們認識了新生，徹徹底底的新生，第一眼就讓萊恩想起自己剛到這個世界的事情，但肯定沒有這個人誇張，所以他多留意了對方。

另一方面，是因爲他看不出對方的底細，這新生身上莫名壓抑著某種力量，判斷不出狀態，所以萊恩有點刻意地想要測試看看對方的實力，故意將他拉進任務之中，沒想到還眞的只是什麼也不會的新生。

因爲學長的關係，千冬歲也起了興趣，且對方很好相處，幾個人就這樣交上朋友。

這一年學校發生很多事，競技賽、學院祭，到後來那名新生的身分被揭開是黑色種族、學長遭到殺害，然後鬼族大舉攻入學校，短短時間內幾乎翻天覆地。

千冬歲的哥哥也在學院被入侵時，頂替了千冬歲受到致命傷害。

被有血緣關係的親族利用手段以各種方式殺害時，萊恩從沒見過千冬歲皺一下眉頭，但知道藥師寺夏碎是他的替身時，他整個人崩潰了。

那幾天晚上，千冬歲幾乎沒有闔過眼，不斷閱讀大量調來的黑暗氣息情報，坐在一邊的萊恩看見搭檔的手在翻動那些紙張時止不住顫抖。好幾次他都不得不去拉開千冬歲，強迫對方歇息，不然可能會眞的垮掉。

那段時間，千冬歲最常說的是無論如何都不把他哥交出去。

不交給藥師寺家、也不交給雪野家，他要自己守護躺在床上的那個人。

所以千冬歲用盡辦法查找各地資訊，儘可能找來更多能治療黑暗的罕見之物，只要有一點點希望都行，再危險的地方他也闖進去。那陣子陪著到處跑的萊恩親眼看著身邊的搭檔爲了取得些微的希望將自己搞得全身是傷，然後再快速把自己打理得乾乾淨淨，帶著笑臉將好不容易弄來的東西捧去給醫療班。

一次又一次，受了重傷也不打算停止。

萊恩看著搭檔，沒多說什麼，只跟著到處涉險。於情於理他都覺得應該要幫忙，說不定可以找到些什麼能幫助其他被污染的人。況且，他實在無法放心讓千冬歲自己一個人奔走，即使對方經常甩開他偷偷亂跑。

扣除這些時間，千冬歲也開始私下研究起黑暗氣息。

當然，他還是騰出很多時間試圖照顧夏碎。而夏碎也從一開始的全然拒絕，慢慢地變成能和千冬歲好好聊上點什麼，回答了一些他想知道的個人興趣，還開始共進晚餐，或做點其他休閒、討論。

千冬歲原本緊皺的眉頭慢慢被那種真正開心的笑容取代。

這段時間萊恩很識相地不去打擾，他知道千冬歲很急著想修補兄弟間的隔閡，還拚命想填滿過去缺失的空白，所以將全部精神心力都放在這上頭。

萊恩在等待的時間裡，安靜地找個地方打開飯糰的盒子。

有時候莉莉亞會跑來找他，人很好的女孩很好心地找了很多飯糰給他；有時候在學校裡就和喵喵他們混一起，默默地等著千冬歲的下一次出發。

因爲是搭檔，所以萊恩很了解千冬歲，在千冬歲開口向他道歉之前他便阻止對方。而也因爲是搭檔，千冬歲知道他的想法，雖然仍感到歉疚，但沒有繼續再提。

再接下來，發生了陰影事件。

萊恩注意到千冬歲更操心了，掌握大量情報的千冬歲很憂心被發動的古代術法。其實在這個年代，找到古代術法、發動幾個沒什麼問題，他們兩個出任務也常常觸動到。但褚冥漾發動的是能夠操控世界兵器的古代大術，那相當於反手就能置所有生命於死地的最嚴重程度。

那種層級的術法肯定會影響施術的人——光明者將其領入光明，黑暗者將其帶入黑暗。

就算他們的妖師朋友非常單純，也沒有想要對世界做什麼，但殘留的術法會腐蝕他的內心，將他推進眞正的黑暗當中。

如果能抵擋得了，那其實並不是什麼大問題；但如果抵擋不了，就會失去善良心智，眞眞正正淪於「黑」。

妖師一族一直在避免這類事情發生，所以隱於歷史之後的妖師們都相當自制、低調。

千冬歲無法評估褚冥漾會成爲什麼樣子，也不知道殘餘術法會將他影響到什麼程度，所以得查閱更多情報、找來更多資源，甚至私下與喵喵一起研究該如何減少那些影響，顧及妖師朋友的狀態，他們儘可能從旁偷偷協助這名朋友。

雖然成爲同學的時間很短，校園生活也過得有點奇怪，但他們很眞心對待這名妖師友人，就算之後才知道他是黑色種族也不改初心。

萊恩與另外兩人一樣，希望褚冥漾可以維持本來的心，好好地走下去。

※

「讓你久等了。」

猛一回神，萊恩看見千冬歲推開雪廳的門，穿著一身內祭正裝，動作優雅地走進室內。

「稍微花了點時間，三堂家的人太煩了，雞毛蒜皮的事也要囉嗦半天，幸好順利完成。」

「這次好像比較久？」萊恩看了看時間，真的覺得這次內祭花了相當久的時間，外面天色都已大亮、接近正午。

「……人數比往年多很多，也沒辦法。」千冬歲拉掉頭上的裝飾，馬上躺倒在塌塌米上，也不在意身上的衣服會被壓縐，「累死我了。」

「嗯？你推算很多人？」萊恩有點不解，往年千冬歲內祭卦算的都只有身邊幾人，通常很快就可以處理完。

千冬歲張開手，一圈發光的圖形出現在掌心上。

從密密麻麻的圖文中，萊恩訝異地發現眞的有很多人，班上所有人和老師都在裡頭……沒錯，所有人。

「你也幫西瑞推卦？」萊恩有點意外地看見和友人經常不對盤的殺手。之前千冬歲才發誓絕對不管這人。

「……誰想管他死活，只是他和漾漾走得很近。」千冬歲冷冷回道：「就算是爲了漾漾，這傢伙不管怎樣也得算進去。我不想因爲漏算一個人，掌握不住狀況。」

萊恩不解。

千冬歲坐起身子，臉色凝重，「我不想要我哥和漾漾他們繼續經歷之前的事，他們現在都被黑暗影響，不能再出什麼差錯。這次的推卦顯示他們還會遇到一些不好的事，不論如何我都得防範，必須讓他們留在學院，只有在校內和公會的掌控下，他們才能得到最完全的保護。」

對方說話的時候，看似下了很大的決心，萊恩有些不贊同地搖搖頭，「你不能攔阻他們的決定。」

「就算違反他們意願，我也要選擇對他們好的那條路。」千冬歲握起手，圖文在他掌中被捏得粉碎，「他們還不明白黑暗會對他們造成多大傷害，而且這次如果再爆發，就不是醫療班可以抑制的情況了……我不想再看到我哥那個樣子，也不想要他再因爲什麼把命搭上去，那不是他應該過的日子，他必須好好活著，他有權利過比現在好一百倍的生活……漾漾也是。」

「歲……」

「你不要反駁我，那是我哥，我唯一的哥哥，就算是用什麼手段，我也要阻止他再次涉險。」千冬歲沉下臉，「有必要的話，我甚至會與藥師寺家爲敵，我絕對不會將我哥交出去，能守護他的人只有我。」

他的語氣過於堅定，反而讓萊恩覺得很不妥。

這份憂心沒多久就應驗了。

身爲白袍，就算有什麼事被刻意隱瞞，萊恩多少仍會得到一些風聲、感到不對勁的氣氛。

那天他本來想找千冬歲對質檯面下的流言，沒想到聽見千冬歲和其他情報班對話的內容，萊恩才驚覺千冬歲竟然遮掩夏碎他們理應知道的消息。

雖說是不想引起騷動，但千冬歲不應該隱瞞，特別是不該瞞夏碎，即使是公會下的指令，他還是不應該。

對夏碎而言，失去黑袍搭檔代表什麼，他們這些袍級搭檔最清楚不過，而千冬歲卻把這些藏起來。

乍見他出現在房間時，千冬歲也很吃驚，直到萊恩逼問了情報，千冬歲的態度突然開始變得強硬。

「既然公會下了封口令，所有人就不能知道。」千冬歲瞇起眼睛，「包括你在內，你也不該知道。」

「……搭檔時，我們都發誓過會對交託生死的人忠誠，夏碎學長的搭檔出事，你卻不讓他知道狀況？剝奪他能做的決定？」萊恩很不以爲然，「你很自私。」

「沒錯，我很自私，只要是對我哥好的，就算欺騙他，我也不會猶豫。」一把抓住要離開房間的萊恩，千冬歲咬咬牙，他知道萊恩踏出房間就會去找誰，「萊恩，你別越權，這是公會的指令，你會受處罰。」

「隨便。」萊恩甩開對方。

交託生死時，他們都已經將自己放在對方手上，即使是死，也要讓最信任的人徹底毀滅自己。現在學長出事，千冬歲卻瞞著夏碎，還拉著人悠悠哉哉地過了一段時間，之後等夏碎發現，肯定會相當懊惱。

踏出學生宿舍的同時，萊恩往旁閃避，避開了朝自己射來的飛箭。

「我說了，你別越權。」帶著怒火的千冬歲攔在路上。

「有本事就讓我閉上嘴。」萊恩甩出雙刀。

接著他們狠狠打了起來。

這場架沒多久就被人制止。

所有事情就這樣爆開。

在醫療班那時，萊恩就覺得每個人都會採取相應的行動，所以紫袍和被追蹤的學生逃出學院的消息傳來，他一點都不意外。

應該說，他隱約覺得會變成這樣，即使再多人阻攔，會離開的人依舊會用各種方式離開。千冬歲想要關住誰是不可能的事，因爲那些事關他們最重要的人，沒有人會這樣眼睜睜待在原地不去查看究竟。

「就算是這樣，你們也不用打成那樣子吧。」

莉莉亞站在前方，有點翻白眼，「你不是說千冬歲是你很珍惜的搭檔嗎？爲什麼要打你珍惜的人？」

「因爲很珍惜，所以才打。」萊恩淡淡地回應，接著女孩不可置信地說搞不懂他們的想法。

他想成爲對方的刀，如果千冬歲能自己擺平所有動腦事務，他就成爲那把劈開阻礙的刀。即使如此，他也不能眼睜睜看著千冬歲左右別人的決定，不管是好是壞，每個人都有替自己做出重要決定的權利。千冬歲可以說清楚再去阻止，而不是一開始就剝奪這些，那對他們很不公平，尤其他們還是千冬歲的哥哥、好朋友。

千冬歲自己也知道，但他還是這麼做了，所以才讓萊恩感到氣憤。

再度回到學生宿舍，萊恩看見的是極度焦躁的友人，他幾乎把手上所有資源都派出去了，想要在第一時間攔截夏碎兩人。不過顯然對方早就料到公會這邊會有手段，使用媒介施術抹去連結，消失得非常徹底，完全追蹤不到痕跡。

「那是我哥。」千冬歲眼睛有點發紅，指控地說道：「我只想要他好好的，冰炎殿下那邊本來就已經派遣很多公會的人去探查，他不用去也無所謂，根本用不上他，他做的已經夠多了。你幹嘛要那麼多事？」

萊恩沒說什麼，千冬歲曉得自己只是在遷怒，所以他不必說什麼。站在那邊的友人既憤怒又害怕，握緊的拳頭不斷顫抖，急欲想發洩不安，所以這點遷怒萊恩並沒有放在心上。

然後千冬歲沒再說什麼，只是低著頭，用力吸口氣，派出更多雪野家的人，快速收集燄之谷和綠海灣兩邊的消息。如果是要追查學長的下落，夏碎會去的地方也不多，最可能就是這兩處。

搜查過程中，公會那邊的人手雖然遭到燄之谷的攔阻，但同時察覺到黑暗同盟的存在。

過了一天差不多冷靜下來的千冬歲開始琢磨黑暗同盟出現的用意。短短時間內，黑暗同盟出現在校園、又出現在燄之谷，肯定不是什麼巧合。

在想出個所以然之前，綠海灣方面先傳來查找到疑似夏碎一行人的蹤影。

萊恩看著千冬歲調動了雪野家的「蒼」，有點擔心友人。

「蒼」是每任繼承人都會擁有的死士部隊，從繼承人一出世就以性命效忠。雖然千冬歲還沒成為雪野家的當家，他手下的「蒼」也確實閒置著可以隨時調用，但千冬歲以往都不喜歡派出死士、或危及他們的性命。

「……放心，我現在很冷靜。綠海灣的狀況可能有點問題，如果我們要私下去找我哥他們，就不能動用公會力量，帶蒼去是最好的選擇。我這次調動的全是精通術法的人選，這不是意氣用事，我有仔細想過所有可能性。」千冬歲說到這邊，有點不太好意思地開口：「抱歉，這陣子我對你太……」

萊恩走過去，拍拍友人的肩膀。「走吧。」

正要收回手時，突然被人一把抓住手腕。

「……如果我哥出事，我……」千冬歲幾乎說不下去。

可以感覺到友人傳遞過來的恐懼，萊恩停下腳步，「情報班其中一項工作，不就是預先防範不好的事情發生嗎？」情報班之所以會手握世界上最多的訊息，不單單只是為了輔佐公會與袍級，更是要避免許多壞事的發生，所以在人們看不見的地方，情報班早就已經預防許多壞事，將壞事抑制在不須出動其他袍級的程度下。

「……是。」千冬歲慢慢點了頭。

「這段時間以來，你變很強，我也變強，雖然不及學長他們，但也已經可以做到某程度的事。」萊恩想想，繼續說道：「我想，我們可以努力不要讓你害怕的事情發生。你想保護夏碎學長，我就幫助你。我會一直強到讓你不用害怕會失去誰的地步，所以你也不用欺騙你哥，那樣不好。」

「雖然現在我內心充滿感謝，但這陣子你進步很快果然不是我的錯覺。」千冬歲稍微整理了下心情，嘆口氣，「你比我還急，你想追在我哥後面成爲紫袍。」

其實之前沒想過這件事，不過萊恩現在不打算否認。

因爲他不夠強，所以千冬歲才會害怕無法保護夏碎，如果搭檔夠強，就不須煩惱這些。

然而，在他變強的同時，萊恩注意到千冬歲也跟著變強，千冬歲從來都不是那種倚靠別人的人，他會增強來對自己負責，也會儘可能保護一起行動的萊恩，所以他們兩個是同時向上提升。

萊恩突然發現，學長與夏碎應該就是這樣子的感覺，所以才會那麼強悍。他們想要保護自己的搭檔，同時也不想讓搭檔分心，所以越變越強，直到雙方的程度都足以把性命交託給彼此而不後悔。

成爲刀了嗎？他還不確定。

但是他終將會到達那個目標。

「啊對了，得先告訴一下喵喵，讓她在學校等。」

「？」

「不然我們兩個偷跑，喵喵肯定也會跟著跑，她最喜歡做這種事了。」

「……」

「所以，立刻準備！馬上出發！」

鬆開手，千冬歲鬥志高昂地握起拳頭。

看著搭檔不再顫抖的手，萊恩點點頭，正要返回宿舍收拾點簡單行李時，千冬歲突然又喊住他，然後誠懇地開口——

「謝謝，有你在真是太好了。」

萊恩看著友人真誠的感激，勾起笑。

「回來之後，三個禮拜的雪野家特製飯糰。」他很喜歡雪野家的櫻花飯糰，不過其他口味的也很好吃，可以吃很久不膩。

千冬歲笑了。

「成交。」

〈守護〉完

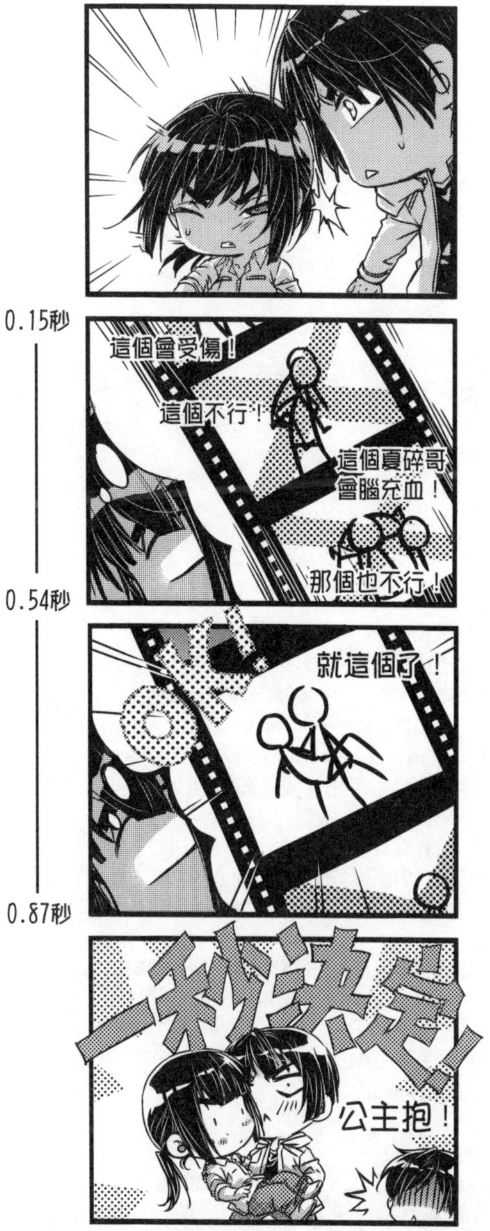
0.15秒
這個會受傷！
這個不行！
這個夏碎哥
會腦充血！
那個也不行！
0.54秒
OK!!
就這個了！
0.87秒
一秒決定！
公主抱！

by 紅麟

國家圖書館出版品預行編目資料

特殊傳說II.恆遠之書篇 / 護玄 著.
——二版.——台北市：蓋亞文化，2025.07
冊；公分.

ISBN 978-626-384-211-3（第三冊：平裝）

863.57　　114008587

悅讀館　RE421

特殊傳說II 恆遠之書篇 03

作　　者　護玄
插　　畫　紅麟
封面設計　莊謹銘
主　　編　黃致雲
總 編 輯　沈育如
發 行 人　陳常智
出 版 社　蓋亞文化有限公司
地址：台北市103承德路二段75巷35號1樓
電話：02-2558-5438　傳眞：02-2558-5439
電子信箱：gaea@gaeabooks.com.tw
投稿信箱：editor@gaeabooks.com.tw
郵撥帳號 19769541　戶名：蓋亞文化有限公司
法律顧問　宇達經貿法律事務所
總 經 銷　聯合發行股份有限公司
地址：新北市新店區寶橋路二三五巷六弄六號二樓
電話：02-2917-8022　傳眞：02-2915-6275
港澳地區　一代匯集
地址：九龍旺角塘尾道64號龍駒企業大廈10樓B&D室
電話：+852-2783-8102　傳眞：+852-2396-0050
二版一刷　2025年07月
定　　價　新台幣 280 元
Published and printed in Taiwan

ISBN 978-626-384-211-3

Gaea

GAEA